KB040734

.

일상과 문장 사이

일상과 문장 사이

초판 1쇄 발행 _ 2021년 7월 30일
초판 2쇄 발행 _ 2022년 8월 1일

지은이 _ 이은대

펴낸곳 _ 바이북스
펴낸이 _ 윤옥초
책임 편집 _ 김태윤
책임 디자인 _ 이민영

ISBN _ 979-11-5877-246-8 03810

등록 _ 2005. 7. 12 | 제 313-2005-000148호
서울시 영등포구 선유로49길 23 아이에스비즈타워2차 1005호
편집 02)333-0812 | 마케팅 02)333-9918 | 팩스 02)333-9960
이메일 bybooks85@gmail.com
블로그 https://blog.naver.com/bybooks85

책값은 뒤표지에 있습니다.
책으로 아름다운 세상을 만듭니다. ― 바이북스

미래를 함께 꿈꿀 작가님의 참신한 아이디어나 원고를 기다립니다.
이메일로 접수한 원고는 검토 후 연락드리겠습니다.

단
하루도
놓치고
싶지 않습니다

———

이은대 지음

일상과 문장 사이

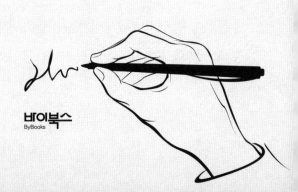

바이북스
ByBooks

모든 순간이 문장이다

힘들었던 과거나 웃긴 이야기를 꺼내게 된다. 듣는 사람들이 감동하거나 눈물 짓거나 깔깔거리면 흡족했다. 시간이 흘렀다. 고생했던 이야기 밑천 다 떨어졌고, 웃기는 에피소드 더 이상 우려먹기 힘들어졌다. 큼지막한 얘기 다 쏟아내고 나니까 할 말이 없어졌다. 새로운 고생(?)을 더 해야 하나? 개그 소재를 억지로 만들어야 하나? 말할 때도 글 쓸 때도 점점 머리가 아팠다.

신영복 선생이 쓴 《감옥으로부터의 사색》을 열 번쯤 읽었다. 같은 경험 읽으며 공감도 하고 살아갈 힘도 얻기 위해서였다. 만약 내가 쓴다면, 이토록 '두터운 이야기'를 쓸 수 있을까. 선생의 이야기는 거창하지 않았다. 감옥에서의 일상에 사색과 팩트와 희망을 담았다. 별것 아닌 일상임에도 나는 읽는 내내 무릎을 쳤고 가슴을 쓸어내렸다. 이런 게 글이구나 싶었다.

초등학교 3학년 때. 한창 짓궂을 나이. 씹던 껌을 누나 머리에 툭 하고 뱉었다. 불같이 화를 내는 누나가 무서워 머리에 붙은 껌을 떼려

했는데, 껌은 점점 넓게 퍼져 누나 머리에 엉겨 붙었다. 결국은 미장원에 가서 한 움큼을 잘라내야 했다. 얼마나 혼이 났는지 모른다. 지금 생각해도 아찔하다. 그 후로 껌을 함부로 뱉지 않는다. 가끔 누군가 나를 속상하게 만들 때면, 저 자식 머리에 껌 뱉어버릴까 앙심을 품기도 한다.

모형 항공기를 만들어 날렸다. 대회에도 나갔고 입상도 했다. 지역 대회에서 상을 받고 본선에까지 진출했다. 어머니와 친구들, 함께 기차를 타고 공군 비행장에 갔다. 본선에서는 탈락했다. 상관없었다. 대회는 관심도 없었다. 기차를 타고 삶은 계란 먹으며 친구들과 놀았던 기억으로 충분했다. 즐겁고 행복한 순간이었다.

무술 영화를 좋아했다. 특히, 이소룡이 쌍절곤 돌리는 장면을 볼 때면 가슴이 두근거려 가만 있질 못했다. 엄마를 졸라 쿵푸 도장에 다녔다. 학교 앞 문방구에 가서 쌍절곤 있냐고 물었다. 그게 뭐냐며 되묻던 문방구 아주머니는, 일주일 후에 쌍절곤을 입고했다는 소식을 전해주었다. 연습했다. 이렇게도 돌려보고 저렇게도 돌려보고. 초등학교 6학년 때, 나는 쌍절곤 돌리는 소년으로 유명해졌다. 수업 시간에 종종 아이들이 성화를 부렸고, 선생님은 나와서 돌려보라며 판을 깔아주셨다. 휙휙 소리를 내며 쌍절곤을 돌리면 친구들은 우와 함성을 지르며 박수를 쳤다. 그러니까 나는, 초등학교 때 쌍절곤을 들고 학교에 다녔던 거다.

중학교 2학년, 소풍 갔을 때 일이다. 누구였는지 정확히 기억나진 않지만, 캔 맥주를 잔뜩 들고 온 녀석이 있었다. 그때까지 술이라고는 입에 대 본 적도 없었던 나는, 괜한 오기만 부릴 줄 알아서 그까짓 맥주 음료수처럼 마실 수 있다며 큰 소리를 쳤다. 친구들이 다 보는 앞에서 캔 하나를 들이켰다. 아! 신비로운 음료수여! 얼굴은 뜨거워지고 눈은 초점을 잃었다. 그 후로 무슨 일이 있었는지 기억나지 않는다. 다음날 학교에 갔더니, 2학년 담당 주임 교사가 우리 반에 들어왔다. "어제, 소풍 가서 술 처먹은 새끼 나와!"

글감이라는 말에 부담을 가졌었다. 뭔가 그럴 듯한 이야기, 사람들에게 감동과 전율을 안겨줄 수 있는 경험, 엄청난 메시지……. 그래서 쓰기 힘들었다. 쥐어짜야 했다. 억지로 쥐어짠 글은 내가 읽어도 어색했다. 용기와 희망을 가지라는 말 대신, 신념과 열정을 품으라는 메시지 대신, 나 이렇게 살고 있다 담담하게 풀어내는 글이 훨씬 매력 있다는 사실을, 신영복 선생의 책을 열 번 읽고서야 알았다.

아침에 눈을 뜨면서부터 촉을 세운다. 언제 어디서 누굴 만나 무엇을 하든, 모조리 써버리겠다는 생각으로 일상을 대한다. 쓰겠다는 마음으로 몸을 앞으로 숙이자 세상이 내 안으로 들어오기 시작했다. 내가 보내는 하루하루가 이토록 감동적인 순간이었던가! 이제 살 만해서 세상이 보이는 것인지, 아니면 세상을 보기 시작한 후로 살 만해진 것인지. 마음이 조급해졌다. 어쩌면 죽는 날까지 글을 써도 내게 온 세상을 다 담지 못할지도 모른다. 그럼에도 쓰고 싶다. 밥도 쓰고 반찬도 쓰고 노트북도 쓰고 하늘도 쓰고 사람도 쓴다.

글을 쓰는 방법과 출간, 그리고 쓰는 삶에 관해 강의하고 있다. 5년이 지났다. 그동안 책을 출간한 사람도 많다. 작가가 된 사람은 많지만 작가로 살아가는 사람은 드물다는 사실이 아쉽다. 글 쓰는 삶을 함께 하자고 시작한 일인데, 정작 안타 하나로 구장을 떠나는 선수가 너무 많았다. 모든 것이 내 책임이다. 내 경험과 내 마음에만 집중한 탓에 사람마다 생각이 다르고 성향이 다르다는 사실을 챙기지 못했다. 출간은 작은 열매일 뿐, 쓰는 과정에서 얻는 것이 훨씬 많음을 알려주어야 했다.

돈과 성공을 보장한다는 글쓰기 수업 광고와 21세기에 굶어죽는 작가의 소식이 공존하는 세상이다. 똑바로 볼 수 있는 힘은 관심과 정성에서 비롯된다. 눈과 귀를 현혹하는 온갖 정보가 쉴 새 없이 쏟아진다. 중심 잡지 않으면 휩쓸린다. 무엇이 옳고 그른지 분간하지 못한다. 세상에 대한 원망과 분노가 매 순간 치밀어 오르지만, 눈과 귀를 잠시 떼어 고요히 침묵하고 있는 주변으로 돌아보는 여유와 지혜를 잊어서는 안 된다.

감동과 전율을 전하지 않아도, 폭소를 자아내게 만들지 못해도, 이 책을 읽는 사람 중에 나도 한 번 써봐야겠다는 마음이 간질거려 펜 잡는 독자가 생긴다면, 몇 번의 퇴고를 거치는 동안 겪은 수고와 스트레스 시원하게 날려버릴 것 같다. 단 하루도 놓치고 싶지 않다.

글 쓰는 사람

이은대

차 례

chapter 1

쓰러져도 다시 일어날 수밖에

chapter 2

오늘 하루도 여전히 맑음

chapter 3

눈물 한 줄, 행복 한 줄

chapter 4

인생은 아름다워

chapter 1

쓰러져도
다시 일어날 수밖에

1

김치

입맛이 둔하다. 후각도 별로다. 짜파게티와 짜짜로니를 구분하지 못한다. 맵고 짠 맛은 어느 정도 느끼지만, 미세한 차이를 느끼지 못하기 때문에 맛있는 음식을 갈망한 적 없다. 어머니와 아내는 이런 내가 편하다고 한다. 남자가 음식 까탈 부리면 여자는 고생이라고, 어머니는 입버릇처럼 말씀하셨다.

맛에 예민하지 않으면서도 김치만큼은 어릴 적부터 좋아했다. 밥과 김치만 있어도 잘만 먹었고, 라면을 먹을 때는 말할 것도 없었으며, 깍두기와 물김치 등 종류도 가리지 않았다.

"다른 건 볼 것도 없어. 김치 잘 담그는 여자 만나서 결혼해라."

밥상에 김치가 빠지는 건 상상할 수도 없었다. 김치 잘 담그는 여자 만나 결혼하면 별 탈 없이 잘 살 거라고. 아버지는 내 머리를 만지며 말씀하셨다. 다행히 아내는 손맛이 좋다. 돌아가신 장모님 닮아 음식마다 훌륭하다. 예민하지 않은 내 입맛이 생생하게 살아날 정도다. 온 식구가 끼니마다 집밥을 원하니 아내 수고가 여간 아니긴 하지만, 하루 세 번 맛에 흠뻑 취하는 가족 보며 아내도 나름의 보람을 느낀다고 했다.

가끔 스트레스 쌓일 때가 있다. 일이 많아서이다. 쉴 새 없이 걸려 오는 상담 전화, 원고 집필, 수강생 원고 검토, 계약 진행, 강의 준비 등. 순서와 중요도에 따라 차근차근 진행하면 얼마든지 해낼 수 있지만, 때로 이 모든 일이 한꺼번에 쏟아지기도 한다. 글을 쓰거나 원고를 검토할 때는 상당한 집중이 필요하다. 작은 걸림에도 짜증이 난다. 나도 모르게 한숨을 푹푹 쉬게 된다. 여유를 갖고 마음을 추슬러야 한다는 사실을 머리로는 알면서도 막상 말과 행동은 거칠게 바뀌곤 한다. 폭발 직전에 전화기가 울렸다. 어머니였다.

"아파트 놀이터로 좀 내려와라."

뭐라 대꾸도 하기 전에 전화는 끊겼다. 두 손으로 얼굴을 쓱 문지르고는 슬리퍼를 신고 아파트 놀이터로 내려갔다.

아버지와 어머니는 차 트렁크에서 온갖 종류의 식자재를 꺼내놓고 계셨다. 배추 여덟 포기, 무 열 개, 부추 두 단, 설탕 한 봉지, 양파 두 망, 젓갈, 생강, 고춧가루, 마늘. 누가 보면 무슨 식당 하는 사람인 줄 알겠다. 아파트 놀이터에서 집 현관까지 세 번 왕복했다. 이고 지고 메고. 옷은 엉망이 되었고, 손도 지저분해졌으며, 숨도 거칠어졌다.

"너 오늘 집에서 쉰다고 해서 마침 잘 됐다 싶어 시장 다녀왔다."

작가와 강연가, 1인 기업가로 살아가는 재택근무 아들을, 여든 나이 어머니는 '집에서 쉬는 아들'로 생각하고 계셨다.

배추를 씻고 잘라 소금을 뿌렸다. 마늘을 까고 빻는다. 무와 양파를 자르고, 생강 껍질을 벗기고, 젓갈을 풀어 양동이에 담는다. 다리 불편하신 어머니는 잠시도 쉬지 않는다. 아내는 부엌에서 양념 만드느라 정신이 없다.

그냥 사 먹어도 될 텐데. 속으로 한다는 말이 입 밖으로 나왔나 보다. 아내는 눈을 찡긋하며 입 다물라는 신호를 보냈고, 어머니는 고개도 돌리지 않은 상태에서 말씀하셨다.

"음식은 정성이다. 사 먹는 거랑 어째 같을 수가 있겠니."

종일 노동(?)한 끝에 김치가 완성되었다. 삼겹살과 목살을 삶아 수육까지 준비했다. 겉절이 손으로 쭉쭉 찢어 돼지고기에 둘러 먹었다. 둔한 입맛이 살아난다. 알싸한 배추김치의 맛이 입안을 맴돌고, 굴젓과 어우러진 깍두기 식감은 말이 필요 없었다. 요즘은 사 먹는 김치도 먹을 만하다지만, 어머니와 아내의 손맛이 더해진 김치 맛과 비교할 바가 못 되었다.

"네가 어렸을 적부터 굴을 좋아했다. 제피가루 들어간 김치를 유난히 좋아했지. 도시락에는 맨날 볶음김치를 넣었다. 오죽하면 소풍 가

18

는 날에도 김밥 옆에다 김치랑 깍두기를 쌌겠니. 동구시장 '삼일 만두'
에 갈 때마다 넌 김치를 찾았다. 만둣집에는 단무지밖에 없었어. 내가
너 데리고 만두집 갈 때면, 식당 부부한테 따로 부탁했었다. 집에서 먹
는 김치 있으면 조금만 내달라고. 넌 만두보다 김치를 더 잘 먹었지.
먹고살기 바쁘다는 핑계로, 난 음식 솜씨가 엉망이었다. 특히 김치 담
그는 손맛이 엉망이었어. 그런데도 넌 항상 맛있게 먹어주었단다. 매
일 집을 비워 넌 혼자서 라면을 끓여 먹었지. 학교에 들어가기도 전부
터였다. 그런데도 불평 한 번 하지 않았단다. 고맙고 예뻤다. 음식 불
평하지 않고, 늘 밝게 웃으며 밥 먹었어. 제대로 먹이지 못하고 키운
에미 심정 늘 안타까웠지만, 그래도 잘 먹고 잘 커서 늘 대견했단다."

어머니 기억 속에는 분명 '미운 아들'도 있었을 텐데. 기대에 미치
지 못하는 실망스러운 아들도 있었을 테고, 어쩌면 나 같은 녀석 낳았
다는 걸 후회한 적도 없지 않았을 텐데. 그런데도 어머니는 늘 내게
미안하고 안쓰러운 기억만 갖고 계신다.
어릴 적에 찍은 사진을 보면, 나는 늘 환하게 웃고 있거나 서럽게
울고 있다. 환하게 웃는 사진 속에는 늘 음식이 함께였고, 서럽게 우
는 사진에는 먹을 게 없었다. 뚱뚱하게 살이 찐 적도 없었는데, 식탐이
남달랐다고 한다. 맞벌이 부모님은 당신 자식이 맨날 못 먹고 못 크는
줄로만 알았다고. 돈 벌어 부족함 없이 키우면서도, 늘 마음 한구석 미
안함만 품고 사셨다고. 부모는 자식에게 늘 죄스러운 존재라고. 너도

크면 알게 될 거라고. 귀가 따갑도록 듣고 살았지만, 나이 오십이 다 되어가는 지금도 어머니 마음 헤아리지 못하고 있다.

세상 모든 부모는 죄인이라 한다. 죄를 짓고 죗값을 치르는 과정도 받아들이기 힘든데, 아무 잘못도 없이 죄인으로 살아야 하는 부모 마음을 감히 넘겨짚을 수나 있을까. 아버지와 어머니가 웃으면 좋겠다. 세상 모든 부모가 힘겹게 산다지만, 내 아버지와 어머니는 더할 수 없을 만큼 아프고 힘들었다. 피와 살을 깎아 온 삶을 통째로 내게 주셨다. 그만 미안해하고, 그만 아팠으면 좋겠다.

이제는 시장 봐오신 물건들 집까지 나르는 것조차 힘겨운 두 분. 십 분도 걸리지 않는 별것 아닌 일 하면서 무슨 생색을 그리도 내었을까. 한없이 부끄러운 마음을 글에 담아 남긴다. 부모 마음 헤아리지 못하는 어리석음 생길 때마다 꺼내 읽으며 고개 숙이려 한다.

다음날, 산더미처럼 쌓인 원고를 정리하면서 다시 한숨이 나오기 시작할 무렵 또 전화가 울렸다.

"양념이 남아서 김치 좀 더 담그려고 배추 몇 포기 샀다. 놀이터로 내려와라."

김치 먹는 양을 좀 줄여야겠다.

2
여덟 평짜리 사무실

2019년 7월. 온라인 강의를 시작했다. 신종 바이러스는 물러갈 기미가 보이지 않았다. 오프라인 강의만 계속하겠다는 고집을 꺾을 수밖에 없었다. 세상은 변했고, 나는 적응할 필요가 있었다.

두 시간 강의를 할 만한 공간이 마땅치 않았다. 아버지와 어머니는 일찍 주무시고, 아들은 늦은 시간까지 공부한다. 온라인 강의를 위해 사무 공간을 임대하기로 했다.

동대구역 인근 '대구 무역회관' 8층에 한 평짜리 소호 사무실을 구했다. 책상과 의자 하나씩. 양쪽에 조명을 설치하고, 책상 위에 노트북을 펼쳤다. 강의를 시작한 지 5년 만에 마련한 나의 첫 사무실. 남들은 한 평 우습게 여길지 모르겠지만, 내게는 더할 나위 없는 소중한 공간이었다. 아늑한(?) 곳에서 강의를 시작했다. 수강생들도 만족했고, 나도 별 불편함을 느끼지 못했다. 나, 사무실 있는 남자다.

온라인 강의를 시작한 지 한 달쯤 되었을 때, 임대 사무실을 총괄하는 지점장이 내게 말했다.

"옆 사무실에서 좀 조용히 해달라고 부탁하는데 어쩌죠?"

어쩌긴 뭘 어째. 여기가 무슨 도서관도 아니고. 사업하는 사람끼리 그 정도 이해도 못 해주다니. 순간적으로 화가 나긴 했지만, 어떻게든 대책을 세워야 했다. 듣지 않았으면 몰라도, 앞으로 강의할 때마다 목청에 신경을 쓰면서 눈치를 볼 수는 없는 노릇이었다.

"양쪽 모두 비어 있는 사무실이 있습니다. 그런데, 세 평짜리 사무실이라 조금 비쌉니다."

생각할 것도 없었다. 당장 짐을 옮겼다. 한 평 사무실 쓰다가 세 평으로 옮기고 보니 야구장이 따로 없었다. 남는 공간이 아까워 책장을 들였다. 집에 있는 책을 가져와 가지런히 꽂았다. 그럴듯한 모양새가 나왔다. 온라인 강의 후면 배경으로 근사했다. 나, 세 평짜리 사무실 있는 남자다.

가까운 곳에 사는 강사로부터 연락을 받았다. 이번에 사무실을 옮겼다고 한다. 사무 전용 공간이 아니라 빌라 투 룸이라고. 이사하고 보니 사무실보다 훨씬 좋다고.

"임대료도 저렴하고, 보일러와 에어컨도 따로 설치되어 있고, 무엇보다 완벽한 독립 공간이라는 점이 마음에 듭니다. 이은대 작가님도 빌라로 옮기시죠."

친절하고 상세하게 안내해 줄 거라며 부동산까지 소개해주었다. 세 평짜리 소호 사무실은 집에서 차로 30분 거리다. 왕복 한 시간을 줄일 수 있다면 그것도 괜찮겠다 싶었다. 집 근처에 마땅한 곳이 있을까 싶었다. 부동산에 전화를 걸어 문의했다.

"마침 딱 좋은 곳이 있습니다."

다음날 바로 부동산 사장을 만났다. 함께 차를 타고 이동한 곳은, 집에서 도보로 5분 거리 신축 빌라 3층 원룸이었다. 여덟 평이었다. 내 눈에는 열 평도 넘게 보였다. 보일러와 에어컨, 세탁기, 냉장고까지 기본 설치되어 있었다. 복도까지 나가야 했던 화장실은 방에 붙어 있고, 창문을 열자 시원한 하늘과 바람이 방 안으로 쏟아졌다.

그 자리에서 계약서를 썼다. 이틀 뒤, 소호 사무실에 있던 짐을 몽땅 옮겼다. 중고 가구점에 가서 책상 두 개를 구입하고 책장도 추가로 샀다. 세 평짜리 사무실을 쓰다가 여덟 평으로 옮기고 보니 세상을 다 가진 듯 설레고 기뻤다. 짐 정리를 끝내고 책상에 앉아 오른손을 뻗었다. 비가 오면 좋겠다고 생각했다. 창문을 열고 손을 뻗어 내리는 비를 만지고 싶다는 바람, 세상의 뒤편에 있을 때부터 가졌던 꿈이었다. 눈앞이 흐려졌다.

불과 5개월 만에 한 평에서 세 평으로, 그리고 여덟 평으로 이사했다. 공간은 넓어졌고, 월세는 삼분의 일로 줄었다. 지금까지 더 바랄 것 없이 편안하게 잘 쓰고 있다. 당분간 사무실 걱정은 하지 않아도 되겠다.

단기간에 만족스러운 곳을 찾을 수 있었던 이유를 나름대로 분석해본다. 한 평에도 만족했고 세 평에도 감사했기 때문이라고. 불평하며 더 좋은 곳을 찾아 헤맸더라면, 어쩌면 지금의 사무실과 인연이 되지 못했을지도 모른다. 기를 쓰고 매달리지 않아도, 좋은 생각은 언제나 좋은 흐름과 결과를 가져온다는 사실을 확인했다.

처음부터 여덟 평짜리 원룸을 얻었더라면 지금만큼 만족할 수 있었을까? 책상 하나만으로 가득 찼던 한 평을 만나고, 책장을 들일 수 있을 정도의 세 평에서 지내다가, 마지막으로 여덟 평 공간을 만났다. 감사와 만족이 세 배에서 여덟 배로 커졌다. 작은 시작 덕분에 큰 기쁨을 누릴 수 있었다.

양반다리로 앉아 머리를 바닥에 처박고 글을 썼다. 세상으로 돌아와 밥상을 펴고 그 위에다 7년 된 거대한(?) 노트북을 펼쳤다. 첫 번째 책은 밥상 위에서 탄생했다. 두 번째 책은 거대한 노트북으로 썼다. 2019년 4월. 날렵한 맵시의 신형 노트북을 새로 샀을 때. 나는 그 노트북을 가슴에 품고 잤다.

사업을 시작하면서, 사무실 임대와 명함 제작에 정신 쏟는 사람들을 종종 본다. 나름의 이유도 있을 테지만, 말리고 싶다. 무슨 일이든 시작은 작고 초라하기 마련이다. 하나씩 키워나가는 맛이 성취감을 품게 하고, 더 나아갈 수 있는 동력이 되기도 한다. 그럴듯한 사무실과 명함은 자리를 잡은 후에 만들어도 늦지 않다.

글 쓰는 일도 마찬가지다. 마음 같아서는 처음부터 해리포터를 쓰고 싶겠지만, 무엇보다 중요한 것은 현재 자신의 수준에서 정성껏 글을 쓰겠다는 자세다. 연습과 노력은 게을리 하면서도 입만 뗐다 하면 베스트셀러 노래를 부르는 이가 적지 않다. 팔리는 책을 쓰는 것도 좋겠지만, 팔리는 책에 대해 부끄러움 없도록 충분한 연습과 공을 들이는 것이 훨씬 중요하지 않겠는가.

한 평짜리 책을 내고, 세 평짜리 책을 출간하고, 그러고 나서 여덟 평짜리 책을 쓰는 것. 욕심 부리지 않아도 물 흐르듯 때와 기회가 온다는 사실을 잊지 말았으면 좋겠다.

사무실에 출근했다. 현관문을 열자 가지런히 놓인 책상과 모니터와 책장이 나를 반긴다. 밤새 기온이 뚝 떨어졌지만, 사무실 온기는 여전했다. 걸레에 물을 적셔 바닥과 책상을 닦는다. 물을 끓여 커피를 타고 창문 앞에 선다. 1월의 바람이 심장까지 닿는다. 겨울비가 내렸으면 좋겠다. 팔을 뻗어 빗물을 만지고 싶다.

모진 세월 잘도 견디며 여기까지 왔다. 삶을 통째로 잃으며 배우고 깨달은 인생살이 진실을, 죽는 날까지 잊지 않으리라. 작은 일에 감사하고, 주어진 삶에 최선을 다하고, 어떤 일이 있어도 무릎 꿇지 않는다. 나, 여덟 평짜리 사무실 가진 남자야!

3
그릇이 먼저

현금 백만 원을 늘 지갑에 넣고 다닐 거라고, 선명하게 상상했다. 꽤 오랜 시간 '끌어당겼'음에도 바람은 이루어지지 않았다.

아버지 팔순 잔칫날, 친척들이 돈을 모았다며 내게 건넸다. 백만 원이 조금 넘었다. 일단 집에 가서 아버지께 전해드려야겠다고 생각했다. 지갑을 꺼내 돈을 넣으려는데 마땅치 않았다. 지갑이 작아서 백만 원을 집어넣을 수 없었다.

현금 백만 원을 지갑에 넣고 다닐 거라고 상상했지만, 애초부터 이루어질 수 없는 일이었다. 내 지갑에는 백만 원 현금이 들어갈 수 없었다. 불가능한 꿈을 끌어당겼던 거다.

점심으로 떡라면을 끓여 먹기로 했다. 라면 다섯 개와 떡을 준비하고 냄비에 물을 부어 가스레인지 위에 올렸다.

"냄비가 좀 작지 않아?"

아내가 말했다. 괜찮을 거라고. 충분하진 않지만 어떻게든 끓일 수 있을 거라고. 괜한 고집을 부렸다.

물이 끓기 시작했고, 스프와 라면과 떡을 냄비에 쏟아부었다. 아니나 다를까, 물은 금세 끓어 넘쳤다. 얼른 불을 낮추고, 더 큰 냄비를 준비했다. 끓다 만 라면과 떡을 옮겨 붓고 다시 조리했다. 라면은 탱탱 불어 맛이 하나도 없었다. 꾹 참고 먹는 가족을 보며 나도 억지로 한 그릇을 비웠다.

첫 번째 원고를 완성하고 투고 준비를 할 때가 생각난다. 주변 사람들은 한결같은 말을 했다. 가족도 마찬가지였다.

"제발 그만둬라! 왜 상처를 자초하는 거냐? 누가 너 같은 사람 책을 내주겠니?"

여러 사람을 통해 같은 말을 들으면 한 번쯤 흔들릴 만도 한데, 당시 나는 조금도 의심하지 않았고 불안하지도 않았다. 신기한 일이지만, 적어도 그때는 내가 작가가 된다는 사실 외에는 아무것도 생각지 않았다.

현실은 중요하지 않았다. 계약은 될 수도 있고 안 될 수도 있다. 누구나 마찬가지다. 그럼에도 나는, 출간계약을 하고 책을 낸다는 사실을 지극히 당연하게 여겼다. 아침에 눈을 뜨면 출판사에서 전화가 걸려올 것 같았고, 밤에 잠들 때는 서점에 내 책이 진열된 모습을 그리곤 했다. 말 그대로 자나깨나 출간만 생각했던 거다.

　나는 책을 출간했고 작가가 되었다. 지금은 강의도 한다. 책을 출간하기 2년 전부터 혼자서 강의 연습을 했다. 무대에 서서 첫인사를 하는 내 모습을 2년 동안 상상했다. 얼마나 생생하게 상상했으면 실제 첫 강의 때 하나도 떨리지 않았다. 늘 보던 사람들. 늘 하던 첫인사, 늘 하던 강의, 늘 하던 마무리. 실제로는 첫 강의였지만, 내게는 2년 동안 해오던 '늘 하던' 강의였을 뿐이었다.

　백만 원을 지갑에 넣어 다니고 싶다면, 먼저 백만 원 지폐가 들어갈 만한 지갑을 준비해야 한다. 라면 다섯 개를 끓이기 위해서는 충분한 크기의 냄비를 먼저 마련해야 한다. 이루고 싶은 꿈이 있다면, 나에게 그럴 자격과 능력이 충분하다는 사실을 먼저 인정하고 받아들여야 한다. 그릇이 준비되지 않으면 꿈을 담을 수 없다.

　그릇을 준비하라는 말은 생각을 키워야 한다는 뜻이다. 작은 생각을 하면서 큰 현실을 만들 수는 없다. 부족하고 모자란 현실에서 살고 있다 하더라도 이상적인 삶의 모습을 놓지 말아야 한다. 억지 상상을 하라는 뜻이 아니다. 자신에게 충분한 자격과 능력이 있음을 당연하다는 듯 인정하는 거다. 자만이나 고집과는 다르다. 풍요로운 삶에 감사하고, 술술 풀리는 일에 만족하고, 주어진 삶이 축복이라는 사실을 매 순간 온몸으로 느낀다.

　현실이 그렇지 못한데 어떻게 감사할 수 있냐고? 현실이 그렇지 않은데도 우리는 매번 지독한 최악을 지레 상상하며 두려워하지 않는가!

나는 종교를 갖고 있지 않다. 하지만 신의 존재는 확신한다. 신이 없다면 내 삶이 이토록 극적으로 달라질 수는 없었을 거다. 언제부턴가 더 큰 존재를 믿기 시작했다. 시간의 차이는 있었지만, 내가 소망하는 일은 대부분 이루어졌다. 냉면 먹고 싶다는 작은 소망부터 인생 바꾸고 싶다는 커다란 바람까지. 더 큰 존재는 내 생각을 시시각각 주의 깊게 관찰하고 있다. 불평을 쏟아내면 불평할 일을 잔뜩 만들어주고, 감사를 되풀이하면 감사할 일을 넘치도록 만들어주었다. 작은 그릇을 준비하면 딱 그 그릇만큼만 채워주었고, 큰 그릇을 준비할수록 더 많은 것을 담아주었다.

일이 뜻대로 되지 않으면 어떻게 하지? 이미 그릇이 작다. 가족을 위해, 사람들을 위해, 인류를 위해, 내가 무엇을 할 수 있을까? 이 정도 되면 어떤가. 더 큰 존재의 입장에서 볼 때, 우리 인간의 요구사항은 거기서 거기다. 컵라면을 요구하든 갈비탕을 요구하든, 신에게 무슨 차이가 있겠는가. 간장 종지 같은 마음으로 인생 달라지길 기대하지 말고, 그릇부터 키워야 한다. 겉으로만 꿈을 이야기하지 말고, 가슴 속 깊이 신념과 확신을 품어야 한다. 더 큰 존재는 우리의 말을 듣는 게 아니라 믿음을 전해 받는다. '난 글쓰기에 재능이 없어'라고 생각하는 사람은 결코 책을 쓸 수 없다. 가능성 제로다. '작가의 삶을 누릴 수 있어 더없이 행복해!'라고 확신하는 사람은 볼 것도 없이 작가가 된다.

불평불만 쏟아내는 사람과 함께 지내고 싶지는 않을 거다. 신도 마찬가지다. 축복을 받으려면 축복받을 자세를 취해야 한다.

"내게는 그럴 만한 자격이나 능력이 전혀 없어요."

여전히 스스로에 대한 믿음이 부족하다면, 어쩔 수 없다. 허나, 한 가지는 명심해야 한다. 자신을 업신여기는 사람은 더 나은 삶을 바라지 말아야 하고, 만약 더 나은 삶을 바란다면 생각 자체를 바꿔야 한다는 것. 생각 그릇은 그대로 두면서 인생 달라지길 기대하는 사람이 많다. 자신을 힘들고 괴롭게 몰고 가는 인생이다. 안타깝다. 예전 내 모습 보는 것 같다. 마음 아프다. 누군가 나를 불쌍하게 여겨주길 바라고, 어깨를 토닥거리며 위로해주기만 바라고, 술 한 잔에 눈물 찔끔거리며 비극의 주인공인 것처럼 똥 폼 잡는 사람들. 나도 그거 다 해봤다. 달라지기는커녕 점점 더 추락만 하더라.

생각 바꾸는 데 돈 드는 거 아니다. 그릇 키우는 데 시간 걸리는 것도 아니다. 지금 탁 마음 바꾸면 그걸로 충분하다. 변화는 늘 마음가짐에서 비롯된다.

4

핸들만 잡으면

운전석에 앉아 핸들만 잡으면 난폭해진다. 성질이 더러워진다. 평소 온화하고 침착했던 나는 오간데 없이 사라지고, 술 취해 시비 거는 캐릭터로 변신한다.

특히, 깜빡이 없이 끼어드는 차나 일방통행 역주행 차를 만나게 되면 폭발하고 만다.

"야 이 미친놈아! 눈깔 없냐? 운전 때려치우고 집구석에 들어가서 나오지 마 임마!"

운전하다 보면 나도 실수할 때 많다. 주차금지 구역에 차 세울 때도 있고, 한 번에 차선 두 개씩 옮기기도 하며, 빨간 신호에 비보호 좌회전을 하기도 한다. 그럴 때면 꼭 주변에 성질 더러운 운전자를 만난다. 태어나서 처음 듣는 욕을 먹기도 한다. 혼자 얼굴 시뻘개져 생각한다. '뭐 이 정도 갖고 저리 난리야.'

남의 잘못은 쥐어뜯을 것처럼 법석 부리면서, 내 실수는 별것 아니라 여긴다. 이렇게 글 쓰고 있자니 창피해서 몸 둘 바를 모르겠다. 이래서 사람은 글을 써야 하는가 보다.

대구에서 진해까지 운전할 일이 생겼다. 기름 빵빵하게 채우고 고속도로 진입을 위해 신호 대기 중인데, 갑자기 쾅 하는 소리와 함께 몸이 앞으로 쏠렸다. 뒤에서 뭔가가 들이받은 거다. 짜증과 분노가 섞여 치밀었다. 시간도 빠듯한 데다, 오래된 차라서 사고 나면 무조건 손해라는 생각 때문이었다.

보통은 이쯤 되면 오른손으로 뒷목 부여잡고 차에서 내려야 하는데, 그럴 정신이 없었다. 왼편으로 다마스 한 대가 뒤집혀 검은 연기를 내뿜고 있었다. 이런저런 생각할 겨를이 없었다. 운전석 문을 열고 내려 다마스 위로 뛰어올랐다. 창문 아래쪽으로 운전자가 옆으로 누워 있다. 다행히 정신은 멀쩡했다.

"아저씨! 차 문 좀 열어줘요! 밖에서 당겨줘요! 부서져도 상관없어요!"

다마스 운전자와 나는 다급했다. 둘 다 생각이 같았다. 영화나 드라마를 보면, 이렇게 뒤집어진 차는 잠시 후 폭발한다. 살려야 했다. 있는 힘을 다해 문짝을 들어올렸다. 내가 문을 올려 버티는 동안 다마스 운전자는 안간힘을 쓰며 기어올라 밖으로 나왔다. 두 사람은 도로 가장자리로 피해 앉아 헉헉거렸다. 마치 죽음의 현장에서 가까스로 살아 돌아온 주인공처럼.

경찰이 도착했다. 구급차도 왔다. 119 대원 두 명이 넘어진 다마스를 가볍게 바로 세우고는, 도로 옆으로 밀어 옮겼다. 없는 숨까지 몰아쉬며 119 대원에게 물었다.

"저거 안 터져요?"

"터지긴 왜 터져요!"

그랬다. 차가 옆으로 넘어진다고 해서 무조건 터지는 건 아니었다. 폭발 직전에 운전자 생명 구했다고 신문에 날 줄 알았는데.

"소나타 차주 되시죠? 보험회사 연락했어요? 어디 다친 데는 없나요? 차부터 먼저 빼주세요."

보험회사 담당자가 왔고, 뒤쪽 범퍼가 박살난 내 차를 정비소로 옮겼다. 앞으로 계속 타고 다닐 수 있을 만큼 수리가 가능할지, 정비소에서도 장담하지 못한다고 했다. 터지지도 않는 차에서 멀쩡한 사람 살린다고 영화 찍는 동안 정작 내 차는 사경을 헤매고 있었다.

나중에야 알게 된 사실이지만, 다마스 운전자는 택배 기사였다. 운전 중에 휴대 전화를 보다가 정차 중이던 내 차를 미처 피하지 못했던 거다. 순간의 실수가 돌이킬 수 없는 사고를 낼 뻔했다. 다친 사람 없이 차만 상해서 천만다행이었다.

운전하다 보면 가벼운 접촉사고를 자주 목격한다. 운전자 두 사람은 차가 부딪친 그 자리에 서서 입씨름을 하기도 하고, 간혹 소리를 지르며 멱살 잡기도 한다. 요즘은 사람들 마음이 한결 따뜻해진 건지,

웬만해서는 고함을 지르며 싸우는 일이 드물다. 운전하다가 싸우는 경우는 대부분 '나는 잘못한 게 없다, 당신이 일방적으로 잘못했다.'라는 식이다. 재미있는 것은, 사고 당사자가 아닌 경우에는 그 사고나 싸움이 지극히 사소해 보인다는 점이다. 대수롭지 않은 일로 서로의 잘잘못을 따지고, 기어이 '이겼다'는 느낌이 들어야만 분이 삭혀진다.

다마스가 내 차 뒤 범퍼를 세차게 들이받고, 그 충격을 이기지 못해 옆으로 뒤집어진 일은 제법 큰 사고였다. 다시 말하지만 사람 다치지 않은 게 천만다행이었다. 덕분에 핸들만 잡으면 난폭해졌던 내 마음이 편안해졌다. 화를 내고 욕설을 퍼붓는 대신, 다마스 운전자의 안전을 염려하는 내가 기특하게 여겨졌다.

요즘은 운전석에 앉아 시동을 걸 때마다 주문을 외운다.

'핸들만 잡으면 행복해진다. 마음은 평화롭고 느긋해지며, 신이 나를 도와 안전하게 보호해준다. 나는 운전을 즐기고, 도로는 질서 정연하며, 세상은 여유로 가득하다.'

이렇게 주문을 외우고 나면, 운전하는 내내 기분이 좋다. 마치 세상이 나를 중심으로 돌아가는 듯한 착각마저 들 정도다. 제리 더 힉스는 《유인력의 법칙》에서 이런 태도를 가리켜 '시간 마디별 의식적 창조 과학'이라 정의했다. 어떤 일을 할 때마다 시작에 앞서 최고의 상황을 상상하고 느낌으로써 실제로 좋은 결과를 만들 수 있다는 것. 밥을 먹기 직전에는 최고의 식사와 화목한 가족을 상상하고, 사람을 만날 때는 행복한 대화를 그리며, 강의를 시작하기 전에는 수강생들의 만족한 표정과 뿌듯한 내 마음을 보고 느낀다. 예외 없이 결과가 좋았다.

운전할 때는 물론이고, 살다 보면 별일 다 생기기 마련이다. 억울한 일도 당하고 분통 터지는 일도 생기고 상처와 아픔을 겪기도 한다. 중요한 것은, 그럴 때마다 괴로워하고 아파하면 나만 손해라는 사실. 우리가 관심을 가져야 할 문제는 이기고 지는 관계가 아니라 내 마음의 평온이다.

핸들만 잡으면 행복한 사람, 밥만 먹으면 행복한 사람, 대화만 나누면 행복한 사람, 책을 읽기만 하면 행복하고 글을 쓰기만 하면 행복한 사람. 생각만 해도 근사하지 않은가.

열흘쯤 지났을 때, 정비소에서 수리가 완료되었다며 집 앞까지 차를 가지고 왔다. 겉으로 보기에는 아무 일도 없었던 것처럼 멀쩡했다. 오히려 더 깔끔해진 것 같았다. 경찰서에서도 연락이 왔다. 몸에 이상 없냐고. 조금이라도 이상 있으면 말하라고. 다마스 운전자 100% 과실이니까 배상 청구할 수 있다고. 나중에 딴 소리 하지 말고 지금 다 말하라고.

두 번 연락 없도록 분명하게 말했다.

"앞으로 백 년은 살 것 같습니다. 배상 청구할 일 없습니다."

5

길거리 포장마차

이맘때 즈음이면 환장하듯 찾아 먹는 음식이 있다. 내가 사는 동네에는 길거리 포장마차가 일곱 개쯤 있는데, 순방하듯 한 군데씩 들러 어묵을 사 먹었다. 종류도 많고 국물도 다양하지만, 누가 뭐래도 꼬불이 어묵만을 고집한다. 사각 어묵을 겹으로 접어 꼬치를 끼운, 한국 사람이라면 누구나 아는 바로 그 어묵. 내가 세상에서 가장 좋아하는 음식이자, 선 자리에서 한 번에 50개까지 먹어보았으며, 배가 불러 멈춘 게 아니라 아주머니 눈총 때문에 중단했던, 바로 그 어묵. 사랑한다 어묵.

어떤 음식을 좋아하세요? 라는 질문에 망설임 없이 "포장마차 꼬불이 오뎅입니다!"라고 대답한다. 사람들은 비슷한 반응을 보인다. 재미있다는 듯 피식 웃으면서도, 입이 참 싸구려네요라는 표정을 감추지 못한다.

서울 고속버스 터미널에서 점심으로 어묵 열 개를 먹은 적이 있다. 하나에 2천 원씩이었으니까, 점심값으로 만 원을 쓴 셈이다.

"점심은 먹었어?"

"응. 오뎅 열 개 사먹었지."

"열 개? 그 돈이면 갈비탕을 사먹겠다."

갈비탕이 어묵보다 나은 음식이라는 편견. 어묵이 갈비탕보다 못하다는 인식을 용납할 수 없다. 어묵은 칼슘이 풍부하며, 국물과 양념이 모두 통하는 음식 재료다. 여물지 않아 이가 불편한 사람도 먹을 수 있고, 맛이 순해서 남녀노소 즐길 수 있다. 조금만 익혀도 쫄깃하고, 푹 퍼져도 구수하다. 간장에 찍어도 제 맛이고 고추장에 묻혀도 맛깔난다. 떡볶이와도 궁합이 맞고 순대랑도 절묘하다. 뜨끈한 국물은 또 어떠한가. 후후 불어가며 입술 데가며 마시는 어묵 국물은 커피 열 잔보다 낫다. 아이들 간식으로, 어른들 술안주로, 반찬으로, 야식으로, 언제 어디서든 손색없는 음식이다.

두 개만 먹어도 느끼한 맛에 질려버린다는 사람도 있다. 이해할 수 없다. 그의 입과 혀는 진정 꼬불이의 맛을 이해할 수 없다는 말인가! 짜장면을 두 끼 연달아 먹으면 물린다. 라면을 연달아 먹으면 질린다. 단백질 음료를 계속 마시면 느끼하다. 꼬불이 어묵은 그런 종류의 질림이나 물림과는 거리가 멀다. 간장 찍을 때 다르고 떡볶이 국물에 찍을 때 다르고 연겨자 소스에 발라 먹을 때 다르며 케첩이나 머스타드 소스에 찍어 먹을 때 또 다르다.

가끔씩 지인들이 부산에서 판매하는 '고급' 어묵을 선물로 보내줄 때가 있다. 기쁜 마음으로 받고, 감사한 마음 넘치게 품고 먹는다. 그런데 아무래도 다르다. 겉보기에 고급스럽고 다양하게 퓨전으로 조리해 만든 어묵이지만, 포장마차에서 사 먹는 천 원짜리 '오뎅'의 맛은 나질 않는다. 내 입이 싸구려인지, 아니면 내가 아직 어묵의 참맛을 알지 못하는 것인지.

그럼에도 미식가가 될 마음은 전혀 없다. 세월이 흘러도 나는 여전히 '꼬불이 오뎅'만을 고집할 것이며, 나이 들수록 입맛이 바뀐다는 말에 귀 기울이지 않을 작정이다.

아들도 나를 닮아 어묵을 좋아한다. 아직은 내가 먹는 양만큼 따라오지 못하고 있으나, 꾸준히 훈련시키고 세뇌하면 반드시 발전할 거라고 믿는다. 길거리 포장마차 앞에 둘이 나란히 서서 꼬불이 오뎅 100개를 먹어 치우는 상상을 해본다. 아들과 마주 보며 흡족한 표정으로 국물을 마시고 집으로 돌아오는 길. 그보다 더한 행복이 또 있겠는가.

"학원 마치는 시간에는 아무래도 애들 많아서 장사가 좀 되시죠?"

일전에 포장마차 앞에 서서 어묵을 먹으며 주인장한테 물어본 적 있다. 아저씨는 한숨을 푹 쉬며 대답했다.

"어유, 아니에요. 사장님 같은 손님이 훨씬 낫습니다. 사장님은 매번 오뎅 열 개 먹고 국물 한 컵 드시잖아요. 애들은 오뎅 하나 먹고 국물

열 컵 먹습니다."

다른 손님도 많은데, 굳이 '오뎅 열 개 먹는다'는 얘기를 큰소리로 할 것까지야. 어떤 장사든 돈 되는 손님이 있고 그렇지 않은 손님이 있는 모양이다.

"그래도 이 시간에 애들 배고프잖아요. 한창 클 나이인데. 국물이라도 실컷 먹게 돼야지요. 그래서 요즘은 마른 새우랑 홍게 다리를 조금 더 넣어요. 국물이 더 진하게 우려지거든요."

코로나19 바이러스가 거리를 강타했다. 집 근처 길가에 줄지었던 포장마차는 흔적을 감췄다. 인도가 넓어졌고 깨끗해졌다. 하나도 좋지 않다. 밤 10시. 학원 마친 아들을 태우고 집으로 돌아오는 길이면, 나는 습관처럼 고개를 좌우로 돌리며 혹시나 하는 마음으로 포장마차를 찾는다. 한겨울 찬바람 쌩쌩 부는 거리에서 뿌옇게 피어오르는 뜨끈한 연기는, 아무리 돌아보아도 찾을 수가 없다.

꼬불이 어묵을 먹을 수 없게 된 내 마음도 슬프지만, 그 많은 포장마차 아저씨와 아줌마들은 어디서 뭘 하고 있을까 생각지 않을 수 없다. 내게는 간식이지만, 그들에게는 생계다. 예상치 못한 바이러스 습격으로 세계 경제가 흔들린다고 하지만, 하루 살아갈 길 막막한 이들에게는 재앙이나 다름없다.

"서비스로 하나 더 드려요!"

"이쪽 오뎅 드세요. 이쪽이 더 익었어요."

"어서 오세요! 오뎅 드실 거죠?"

"포장이요? 잠시만요!"

거칠고 투박하지만, 악의가 하나도 섞이지 않은 맑은 목소리. 모두가 하루를 마치는 늦은 밤에도 노란 등 환히 켜놓고 손님 맞으며 피곤한 기색 하나 비치지 않았던 포장마차 아저씨와 아줌마.

꿈을 크게 가지고, 목표를 선명하게 세워야 하며, 어떤 경우에도 포기하지 말라고. 자기 계발 강연이나 책에서 수도 없이 되풀이하고 있지만, 주린 배를 채워야 하고 자식들 챙겨 키워야 하는 그들에게는 이런 말조차 사치일 뿐. 그저 편안하게 장사나 하게 해달라고 부르짖는 목소리가 들리는 듯하다.

6
세상이 불합리하다는 생각

아들이 다니는 학원 담당 교사로부터 전화가 걸려왔다.

"아드님 성적이 문제입니다. 심각한 수준입니다."

전화를 받은 아내는 수화기를 잡은 채 몸을 부르르 떨었다. 상대방의 얘기가 끝나기 무섭게 아내는 쉼표 없이 말을 이었다.

"아니, 지금까지 학원에 쏟아부은 돈이 얼만데! 이제 와서 방법이 없다는 말씀을 하시면 어쩌란 말이에요? 학원에 보내는 이유는, 어떤 식으로든 애 공부를 시키라는 거잖아요. 방법이 없다고 할 거면 애초에 학원 따위 운영을 하지 말아야죠!"

곁에서 통화 내용을 듣고 있던 내 마음도 불편했다. 학원에서 학부모에게 상담 전화를 할 정도라면, 아들의 성적이 꽤 심각한 수준이라는 뜻이겠지. 담당 교사가 달리 방법이 없다고 말할 수준이라면 거의 포기해야 하는 것 아닌가. 그런데 왜 이제야 전화를 하는 것인가. 진즉에 상담하고 방법을 강구했어야지. 생각이 이쯤에 이르자 불편한 마음은 분노와 걱정으로 바뀌었다.

앞으로 한 달간 아들에게 보충수업을 진행해주기로 했다. 결과를 검토한 후, 앞으로의 학습 방향을 결정하는 것으로 일단락지었다.

가장 힘든 사람은 아들이었다. 자기 때문에 학원 교사와 엄마 사이에 충돌이 일어났으니, 그 심란한 마음 오죽할까. 방에서 꼼짝도 하지 않는 아들을 보며 공부가 뭔지 한숨 지을 수밖에 없었다.

세상이 달라졌다고는 하지만, 여전히 우리 사회는 성적과 학벌이 삶의 수준을 좌우하고 있다는 사실을 부인할 수 없다. 이왕이면 자기 자식이 편안하고 근사하게 일하며 돈 많이 벌기를 바라는 것은 지극히 당연한 부모의 마음일 터다. 맥락은 조금 다르지만, 나도 아들 녀석이 한 번쯤 '최선을 다하는' 경험을 갖기를 바란다. 승부를 걸어보는 경험은 앞으로의 삶에서도 큰 재산이 될 거다. 공부든 운동이든 취미생활이든, 고만고만하게 간 보는 선에서 그치지 말고 자신의 모든 것을 걸어보는 치열한 과정을 겪어야만 비로소 한 걸음 성장할 테니 말이다.

차라리 잘됐다. 이번 기회에 제대로 공부를 해보는 거다. 성적이 오르지도 내리지도 않는 상태였다면 아마 불꽃을 지필 기회가 생기지 않았을지도 모른다.

남은 것은 학원에 관한 생각이다. 무슨 일이든 장단점이 있다. 학교나 부모를 대신해서 공부를 가르쳐주는 곳이 학원이다. 그 대가로 학부모는 비용을 낸다. 학원 방침이나 교육 스타일이 마음에 들 수도 있고, 때로는 못마땅한 구석이 있을 수도 있다. 학부모 개개인의 성향에 맞춰 학원을 운영할 수는 없다. 나름의 규정이 있을 테고, 또 학생 성격이나 성적에 따라 유연하게 적용하는 방침도 분명 있을 것이다. 내 마음에 들지 않는다고 해서 학원을 탓한다면, 믿고 보낼 만한 학원은 세상에 없다.

비싼 학원비를 냈는데 아들 성적이 엉망이면, 가장 먼저 생각해야 할 것은 아들의 태도다. 공부하지 않았으니 성적이 나쁜 건 당연하다. 잘 가르치지 못해서 성적이 나쁘다는 말은 논리의 비약이자 엉터리 주장이다. 잘 가르치기만 하면 우리 아들 성적이 쭉쭉 오를 거라고 믿는 엄마 아빠들의 오만과 편견일 뿐. 부족하고 모자란 자식 인정하기 힘들겠지만, 적어도 우리 아이들은 남 탓 세상 탓하는 어른으로 키우지 말아야 할 것 아닌가.

성적에 대한 책임이 우선 '자신'에게 있다는 인식을 자녀에게 가르쳐야 한다. 책임질 줄 아는 사람이 결국은 성공하는 법이다. 우리가 뉴스를 보면서 혀를 차고 손가락질하는 대부분 대상이 '자신이 한 일에 책임지지 않는 인간들'임을 짚어볼 필요가 있다.

학원에서도 아이 성적을 올리기 위해 최선을 다하고, 또 좋은 결과가 나오는 만큼 학원에도 좋은 일이라는 점은 두말할 나위가 없다. 학부모와 학원이 바라는 바가 같고 각자의 위치에서 최선을 다하는데, 서로를 탓하거나 책임을 미룰 이유가 어디 있겠는가.

　결과가 좋지 않을 때 '나는 잘했고 너는 잘못했다'는 식의 이분법적 사고가 갈등과 마찰을 일으킨다. 이런 생각은 분노와 괴로움을 동반한다. 억울하고 괘씸하다. 나는 옳고 너는 틀렸다. 이 모든 결과에 대한 책임을 네가 져라! 잘 때도 화가 나고, 밥 먹을 때도 분하고, 일할 때도 속이 터진다. 내가 뭘 잘못했어! 내가 그만큼 했으면 됐지! 네가 문제야! 너 때문에 다 틀렸어! 마음이 번잡하고 혼란스러워 일상에 지장을 초래할 지경이다.

　어떤 경우에도 내 마음의 평온을 유지하는 것이 중요하다. 살다 보면 억울한 일도 많고 분통 터지는 일도 겪게 되는데, 그럴 때마다 힘들어하고 괴로워하면 불행에서 벗어날 길이 없다. 인간이 가진 원초적 권리는 '어떤 경우에도 행복할 권리'임을 명심해야 한다. 아들의 성적이 떨어져도 나는 행복할 수 있고, 학원의 조치가 적절치 못해도 나는 행복할 수 있으며, 입시에 떨어져도 행복할 권리가 있고, 돈을 많이 벌지 못해도 행복할 권리가 있고, 상실의 아픔을 겪으면서도 나는 행복할 권리가 있다.

　세상은 엉망도 아니고 불합리한 것도 아니다. 세상은 세상일 뿐, 사건과 상황을 인식하는 우리 마음이 분노와 두려움과 괴로움을 일으키는 것. 이렇게 말하니까 무슨 도 닦는 사람처럼 느껴지기도 하지만. 적어도 나는, 내 주변에 일어나는 모든 일이 나를 어쩌지 못한다는 생각을 하면서부터 상당한 속도로 변화와 성장을 이루었다. 하늘에서 내리는 비가 때로 우울하게 보이기도 하고 운치 있게 다가오기도 하는 것은, 비 때문이 아니라 내 마음 때문이라는 사실을 매 순간 떠올리고 되새긴다.

세상이 복잡한 게 아니라 우리 마음이 복잡한 거라고, 오스카 와일드의 일침을 자주 읽는다. 세상이 어떠하든, 우리는 오늘을 살아가야 할 테니까.

1
작아지지 말기

구속으로 모든 게 끝나는 것은 아니었다. 재판은 세 번 진행된다. 그러니까 나머지 두 번은 수형복을 입은 채 법정에 서야 한다.

처음 선고를 받을 때는 두려움이 몰아친다. 두 번째와 세 번째는 '쪽팔림'이 전부다. 다들 나만 쳐다본다. 나름의 사연으로 법정을 찾은 사람들은 영화나 드라마에서만 보던 '죄수'를 신기한 눈으로 본다. 돌아보지 않아도 그들의 시선을 느낀다. 쥐구멍에라도 숨고 싶다는 표현을 온몸으로 실감한다.

재판 날이 가까워지면 근심으로 밤잠을 설친다. 그 모욕과 수치를 또 어떻게 견뎌야 하나. 가족이 보면 얼마나 마음 아플까. 내가 어쩌다가 이런 수모를 겪게 되었을까. 수갑을 차고 수형복을 입은 내 모습이 눈앞에 아른거리며, 죽고 싶다는 생각만 가득해진다.

아침 9시. 법정으로 향하는 버스 안에서 감정은 극에 치닫는다. 도망치고 싶다. 그냥 재판을 포기하고 싶다는 생각까지 들었다.

버스는 법원 정문을 통과해 건물 지하 통로 입구에 정차했다. 교도관의 지시에 따라 한 사람씩 버스에서 내려선다. 포승줄에 묶인 채 긴 통로를 따라 이동하고, 대기실에 들어서면 묶인 줄에서 풀려난다. 수갑은 그대로 차고 있다. 순서를 기다린다. 잡담은 금지다. 한숨 소리만 가끔 들린다.

삶에 대해 가장 깊이 있게 생각했던 순간이다. 수감 탓에 철학한 셈이다. 지독할 정도로 후회도 했고, 심장 긁으며 반성도 했다. 남은 인생 생각하며 눈물도 쏟았고, 어찌 살아야 할지 막막해 괴로워하기도 했다.

순서가 다가오면 철학에서 깨어난다. 아무리 깊은 생각에 잠겨도 현실을 바꿀 수는 없었다. 수번이 불리면, 나는 법정 안으로 들어선다.

짐작했던 그대로였다. 문을 열고 들어서기 무섭게 사람들의 시선이 일제히 나를 향했다. 보지 않아도 알 수 있었다. 얼굴이 시뻘겋게 달아올랐다. 교도관이 수갑을 풀어준다. 차라리 보이고 싶지 않은 순간이었다. 판사의 질문이 들리지 않는다. 법정 안내관의 지시도 들리지 않았다. 귀가 아플 만큼, 내 세상은 적막에 휩싸였다.

"하실 말씀 있습니까?"

판사의 냉랭한 질문을 끝으로 재판은 끝이 났다. 무슨 할 말이 있겠는가. 고개를 푹 숙인 채 다시 수갑을 차고 대기실로 들어간다. 온몸에 힘이 빠져 자리에 털썩 주저앉았다. 길게 한숨을 내쉰다. 아! 끝났다!

마지막 재판을 앞두고 또 다시 근심에 빠졌다. 그 개 같은 꼴을 또 당해야 하는 건가. 발가벗은 채 명동 한복판에 서는 느낌이었다. 이 또한 죗값의 일부인가. 최악의 형벌은 시시포스의 바위라고, 희망을 빼앗는 것이야말로 인간에게 내리는 가장 무거운 벌이라고, 신화는 말하고 있었다. 바위를 밀어 올려본 적이 없어서 모르겠다. 낯선 사람들 앞에서 수갑을 차고 수형복을 입은 채 '죄수'의 낙인을 이마에 찍고 공개되는 것보다 더 견디기 힘든 형벌을 나는 알지 못한다.

오늘만 지나고 나면 모든 것이 끝난다며 스스로 위로하다가도, 그 짧은 찰나의 고통을 떠올리면 저절로 몸이 부르르 떨렸다. 남의 눈치를 많이 보고 살았기 때문인가. 알지도 못하고 기억조차 못할 '타인'들 때문에 내가 이토록 고통을 받아야 한다는 사실을 납득하기 힘들었다. 뭔가 대책이 필요했다.

대기실에 앉아 순서를 기다렸다. 수번이 불렸고, 나는 천천히 자리에서 일어섰다. 이를 악물었다. 문이 열렸고, 나는 법정 안으로 들어섰다.

고개를 빳빳하게 들었다. 그리고 나를 쳐다보는 사람들을 향해 하나하나 눈을 맞췄다. 동정을 바라는 눈빛도 아니었다. 악의에 가득 찬 눈빛도 아니었다. 나는 그저 있는 그대로의 내 모습을 보여준다는 생각으로, '세상'을 바라보았다. 천천히. 한 명 한 명.

그 순간을 생생히 기억한다. 나와 눈이 마주친 사람들은 하나같이 고개를 돌리거나 눈을 피했다. '구경거리'가 눈을 똑바로 뜨고 자신을 쳐다보니 스스로 무색해진 거다. 난 당신을 쳐다본 게 아니에요. 모두가 나를 피해 다른 곳을 쳐다보았다. 수형복 입은 죄수와 눈을 마주치고 싶은 사람 누가 있겠는가.

그 후로 고개 숙인 적 없다. 잘못을 저질렀을 땐 죗값을 치르고 용서를 구한다. 실수했을 때는 사과를 하고 대가를 치른다. 마음은 가벼워졌고, 삶은 당당해졌다.

출소 후 세상에 나왔을 때, 아무런 잘못도 없이 고개 숙인 사람이 많다는 사실에 놀라지 않을 수 없었다. 어린 아이를 키우는 엄마들이 그랬고, 회사에 다니는 직장인들이 그랬다. 죄를 짓지 않으면 당당하게 살아갈 수 있다는 믿음 하나로 수감 생활을 버텼다. 남은 삶에 대한 희망과 살아갈 태도를 분명히 정한 후 세상으로 돌아왔는데, 어처구니없게도 스스로 만든 감옥 안에서 허우적거리는 이들이 주변 가득했다.

어깨 펴고 고개 들었으면 좋겠다. 눈치 살필 이유가 없다. 신은 우리를 주눅 들어 살도록 만들지 않았다. 부끄러워하지 말고, 떨지 말고,

하늘 보면서 살아야 한다. 그것이 내 삶에 대한 기본이자 예의다.

혹시 누가 나를 쳐다보면, 내가 해야 할 일은 하나다. 더 선명하고 빛을 뿜는 눈으로 그를 쳐다보라. 세상을 피할 게 아니라, 세상이 내 눈치를 보게 만들어야지. 멋있고 당당하게!

8

쓸 때마다 겸손하게

글을 쓸 때마다 과거를 돌아본다. 전과자 파산자 알코올중독자였던 시절을 떠올리고 싶은 사람 누가 있겠는가. 허나, 쓰기 위해서는 달리 방법이 없다. 지난 세월을 묻어둔 채 글을 쓸 수 있는 사람은 없을 테니까.

주기가 있다. 처음 글을 쓸 때는 눈물이 난다. 도저히 쓰지 못할 것 같다. 가슴을 바늘로 콕콕 찌르는 것 같아서 노트북을 덮고 얼음물을 마신다. 울고 나면 머리가 멍해진다. 마음이 진정될 때까지 다른 일을 하면서 시간을 보낸다.

조금 지나면 재미가 있다. 남들은 평생 가도 쓰지 못할 나만의 서사가 펼쳐지는 희열이 느껴진다. 사업 실패하고 인생 낙오자가 되었던 경험을 쓰면서도, 마치 독립운동을 한 열사처럼 어깨에 뽕이 들어간다.

마지막 단계에 이르면 감사한 마음에 고개가 숙여진다. '지독했던 과거'가 나로 하여금 쓰는 삶을 만나게 해 주었다는 사실에 가슴 벅차다. 모든 일에는 이유가 있다고 하는데, 어쩌면 내 삶이 그토록 처절하게 부서진 게 글을 쓰라는 신의 뜻이 아니었을까 거창한 생각까지 해보는 것이다.

　나의 삶을 쓰겠다고 결심했다. 그런데, 쓰면 쓸수록 나 외의 다른 사람들 이야기가 빠지지 않는다. 부모님을 비롯한 가족, 친구, 친지, 직장 동료, 선후배, 감옥에서 그리고 막노동 현장에서 만났던 사람들까지. 그들의 이야기를 싹 빼려고 했더니 도무지 내 이야기를 풀어갈 방법이 없었다.
　나의 이야기 '시작'은 언제나 부모였다. 어릴 적 부대낀 모든 사람이 '성장'이었고, 사회생활 하면서 만난 이들이 '관계'였으며, 힘들 때 마주한 사람 모두 '상처와 아픔'의 주인공들이었다. '나'의 이야기를 쓴다고 해서 딱 '나만' 쓸 수는 없었다. 그물처럼 얽힌 사람들의 이야기가 함께 버무려져야 비로소 진짜 나의 이야기를 완성시킬 수 있었다.

　실패는 사람과 세상에 대한 분노와 원망을 키웠다. 진심으로 나를 위로해주는 사람들을 향해 가식 떨지 말라며 소리를 질렀고, 다 잘 될 거라며 어깨를 토닥이는 이들을 향해 너희가 내 심정을 어찌 아냐며 욕설을 퍼부었다. 세상은 멀쩡하게 돌아가고 있었지만, 나는 모든 것을 세상 탓으로 돌리며 삐딱한 시선으로 살았다.

쓰면서 알았다. 실수와 실패는 오롯이 내 탓이었고, 길 잘못 들어선 것도 모두 나의 선택이었음을. 분노와 원망은 삶을 되돌리는 데 아무런 도움 되지 않는다는 사실까지도.

세상과 사람들에 관심 가지기 시작했다. 어찌 됐든 쓸 거리가 필요했기 때문이다. 유심히 보았고 귀 기울여 들었다. 보이지 않던 것이 보이기 시작했고 들리지 않던 것이 들리기 시작했다. 그냥 보면 못마땅했던 것들이 쓰려고 보니까 참한 글감이 되었다. 그냥 들으면 잡소리에 불과했던 소음이 쓰려고 들으니까 청명한 울림이 되었다. 삶은 넓어졌고, 보고 들을 것들은 점점 많아졌다.

쓰려고 마음먹은 후부터 달라진 게 한 가지 더 있었다. 어쩔 수 없이 읽어야 했다는 것. 내가 가진 것은 50밖에 되지 않는데, 글을 쓸 때는 100을 보여주고 싶었다. 칭찬과 인정을 받고 싶은 것은 인간의 본성이라 했던가. 이왕 글 쓰고 책 출간할 거라면, 더 잘 쓰고 더 멋지게 표현하고 싶었다.

책을 읽으면서 생각이 바뀌기 시작했다. 잘 쓰고 멋지게 쓴 글보다 진실하게 적은 글에 더 마음이 갔다. 문장이 투박하고, 때로 구성이 엉성하고, 했던 말을 되풀이하는, '위대한 작가가 아닌' 사람들의 글을 읽으며 나는 심장을 쥐어뜯었다. 그들의 글에는 삶이 담겨 있었다. 그 삶을 통해 내 인생을 보았고, 공감했으며, 안아주고 싶었다.

나도 비슷한 글 써야겠다는 바람이 생겼다. 잘 쓰겠다는 욕심 내려놓고, 멋있게 쓰고 싶다는 집착 버릴 수 있었다. 꾸준한 독서는 팔리는 작가 되어 돈 벌겠다는 허황된 꿈을 내려놓게 만들었다.

다시 세상으로 돌아왔을 때, 거의 매일 소리를 질렀다. 반듯한 밥상 위에다 노트북을 올려놓고 키보드를 두들기며 글을 쓸 수 있다는 사실에 가슴이 벅차 가만히 있을 수 없었다. 1년 6개월 동안 머리를 바닥에 처박고 피가 거꾸로 쏠리는 상태에서 볼펜으로 꾹꾹 눌러 글을 썼다. 다리에 쥐가 나고, 허리가 끊어질 것 같았으며, 고개를 들 때마다 어지러워 휘청거렸다. 노트북을 맨 처음 개발한 사람이 누군지 정확히 모르지만, 그의 앞에 무릎을 꿇고 감사의 마음을 전하고 싶다.

집이라는 공간에 대하여도 마찬가지다. 벽에 구멍이 없다. 식탁에 앉아 밥을 먹는다. 날카로운 눈빛으로 아무것도 하지 말라며 버럭 소리를 지르는 교도관도 없었다. 자유. 나는 마음껏 글을 썼다.

잃어본 후에야 비로소 알게 되었다. 내 주변 모든 세상과 상황과 환경이 얼마나 감사한 축복인지를.

기쁘고 행복한 순간을 글에 담았다. 화가 나고 속상한 일들마저 글감이 되었다. 좋은 일 아니면 나쁜 일이라 여겼던 이분법적 사고가 모든 것이 글감이라는 평온함으로 풀어졌다. 지옥 같았던 과거가, 내가 상대했던 모든 사람이, 나에게 일어나는 매 순간 사건들이, 나를 둘러싼 환경과 상황들이, 그저 글감일 뿐이라고. 어떤 일이든 쓰면 그만이라고. 이런 평온함은 나의 글쓰기 습관마저 바꾸었다. 화가 났다고 쓰는 대신, 컵을 집어던졌다고 쓴다. 우울하다고 쓰지 않고 밥을 반이나 남겼다고 쓴다. 짜증난다고 쓰기보다 담배를 연거푸 두 대나 피웠다고 쓰는 것에 익숙해졌다. 감정 표현을 줄이고 사실을 서술하는 데 초점을 맞춘다. 나는 점점 내 삶을 객관적으로 바라보기 시작했고, 덕분에 욱하는 순간이 많이 줄었다.

온 세상이 나의 글쓰기를 돕는다는 확신이 들었을 때, 감사함에 몸서리를 쳤다. 노트북 앞에서 겸손해진다. 최선을 다해 글을 써도 더 잘쓸 수 있었다는 아쉬움이 남는다는 점에서. 마음에 들지 않는 사람이나 일을 마주할 때도, 세상이 내 뜻대로 돌아가지 않는다고 느껴질 때도, 사소한 일로 기분 상할 때도, 그 모든 상황을 있는 그대로 글에 담을 수 없는 현실 앞에서 나는 고개를 숙일 수밖에 없다.

쓸수록 낮아진다. 어제보다 낮은 곳에서, 어제보다 더 채워진다.

9

글쓰기는 노동이다

"오! 이제 제법 하는데!"

전동 드릴로 나사를 돌려 박는다. 철판이 미끄러워 나사가 자꾸만 튕겨나갔다. 나사 하나 박으려면 심호흡을 열 번씩 해야 했다. 막노동 현장에 존재하지 않는 단어가 있다. 친절. 아무도 자상하게 일을 가르쳐주지 않는다. 눈치껏 알아서 일해야 하고, 혼나면서 배워야 한다.

맨 처음 전동 드릴을 손에 잡았을 때, 이까짓 나사 박기 정도는 얼마든지 해낼 수 있을 줄 알았다. 주변 일꾼 선배들한테 얼마나 욕을 먹었는지, 생각만 해도 아찔하다.

미끌미끌한 철판에 먼저 '자국'을 만들어야 한다. 전동 드릴에 나사를 끼운 채 살살 돌려가며 자국을 만들고, 어느 정도 홈이 파졌다 싶으면 나사를 수직으로 세워 있는 힘껏 위에서 눌러 박아야 한다. 나사가 다 들어갔다 싶으면 재빨리 전동 드릴의 회전을 멈춰야 한다. 멈추는 순간을 제대로 가늠하지 못하면, 나사가 철판으로 쏙 들어가 버리기 때문에 모양도 찌그러지고 나중에 도로 빼내기도 힘들다.

2주 정도 현장에서 욕을 먹고 버린 나사만 수백 개가 넘었을 때, 그제야 일꾼 선배로부터 '좀 한다'는 말을 들을 수 있었다. 초보 일꾼이 내게 와서 나사 박는 법을 물어본다면, 이렇게 대답할 거다.

"매일 전동 드릴을 돌려. 욕은 먹고 나사는 버려. 그럼 돼."

작가가 되고 싶다는 생각을 했을 때, 나는 따로 '길'이 있는 줄 알았다. 글을 잘 쓸 수 있는 비법이 있을 거라는 믿음으로 관련 분야 책을 샅샅이 찾아 읽었다. 군데군데 공개된 거장들의 글쓰기 노하우를 읽으며, 나도 이제 잘 쓸 수 있을 거라는 기대에 부풀었다.

책을 덮고 글을 쓰기 위해 백지를 마주할 때마다, 도대체 지금까지 무엇을 읽은 것인가 내 자신이 바보가 된 느낌이었다. 분명히 이렇게 쓰면 된다고, '성공한 작가'들이 얘기하지 않았던가. 그대로 쓰면 틀림없이 괜찮은 글이 될 것 같았는데, 실제로 내 글은 하나도 나아지지 않았다.

세상의 뒤편에서 글을 쓰기 시작했기 때문에, 관련 정보를 얻기가 힘들었다. 편지를 써서 주변 사람들한테 물어보기도 했지만, 나만큼 절실하지 않은 사람들이 보내주는 답신으로는 만족할 만한 결과를 얻을 수 없었다.

도대체 뭘까? 글을 잘 쓰는 묘법이 있을 텐데. 내가 모르는 뭔가가 있을 거라고 생각할수록 답답하기만 했다.

마음을 다잡고 글을 써봤지만, 다 쓴 후에 읽어보면 이게 글인가 싶었다. 그만 포기해야겠다고, 나는 글쓰기에 재능이 없는 것 같다고, 쓴 물을 삼키듯 펜을 놓을 때가 잦았다.

쓰다 말다를 반복했다. 내가 할 수 있는 유일한 위로였고 시간 보내기였다. 그 안에서는 달리 할 일이 없었고, 시계와 달력을 멍하니 쳐다보는 것만큼 괴로운 일도 없었기 때문이다. 어차피 위대한 작가가 되기는 글렀고 잘 쓸 수 있는 비법을 찾는 것도 불가능하니까, 그냥 내가 쓰고 싶은 대로 마구 쓰자는 생각으로. 나는 매일 하루 열 시간이 넘도록 펜과 종이를 손에서 놓지 않았다. 같은 방을 쓰는 사람들이 나를 보고 미친놈이라고 부를 정도였다.

석 달쯤 지났을까. 책을 읽다가 문득 내가 쓴 글을 들춰보았는데, 제법 읽혀진다는 느낌이 들었다. 문장도 간결해졌고, 무슨 말을 하려는지 의도가 분명히 보였으며, 적어도 내 눈에는 감동적이기까지 했다. 신이 났다. 더 많이, 더 자주 글을 썼다. 자전거가 굴러가기 시작하니 재미까지 더해졌다. 본격적으로 나의 이야기를 쓰기도 하고, 가족한테 편지도 쓰고, 어설픈 장편 소설도 다섯 편이나 썼다.

하고 싶은 말이 손끝을 타고 흘러나올 때의 희열을 어찌 말로 표현할 수 있겠는가! 지금도 생생하게 기억한다. 강의를 할 때마다 '제법 써지던' 순간을 전하기 위해 목에 핏대를 세운다. 다른 사람에게도 느끼게 해주고 싶었다.

막노동 현장에 글쓰기라는 작업이 있다면, 아마도 나는 나사 돌려 박기 못지않게 엄청난 욕설과 야단을 맞아야 했을 터다. 그럼에도 매일 글을 썼겠지. 일당을 받기 위해 주어진 몫의 글을 쉴 새 없이 썼을 거다. 부서지고 꼬부라진 나사만큼, 쓰레기 같은 글을 수없이 버려야 했을지도 모른다.

철학 비슷한 게 생겼다. '무식한 반복'만큼 확실한 실력 쌓기는 없다는 것. 돌아가는 속도가 빠르고, 만족스러운 결과도 빨리 내고 싶은 세상일수록 자기중심을 가져야 한다. 세상으로 다시 돌아왔을 때 알았다. 비법이나 묘법 따위 없다는 걸. 쉽고 빠르게 갈 수 있는 길은 내려가는 길뿐이라는 사실을.

5년째 블로그를 운영 중이다. 맨 처음, 어디서부터 어떻게 시작해야 할지 막막했다. '서이추'가 무슨 뜻인지 몰라 한참을 헤맬 정도였으니. 그럼에도 나는 '무식한 반복'을 선택했다. 이웃들에게 하나하나 물어가면서, 주변 사람들에게 도움을 청하고, 또 혼자서 이런저런 시행착오를 겪으며, 매일 하나씩 포스팅을 올렸다. 파워 블로거도 아니고 인플루언서도 아니지만, 매일 내 글을 읽고 응원해주는 사람들이 있다. 내게 블로그는 새로운 삶을 시작하게 된 계기이자 소중한 공간이다. 억만금을 준대도 넘길 수 없는, 귀한 가치가 되었다.

강의 자료를 만들기 위해 파워포인트 작업도 시작했다. 어설프게 알고 있는 지식으로 그럴 듯한 자료를 만들려 하니 여간 힘든 게 아니었다. 여기서도 '무식한 반복'을 택했다. 매일 만들고 지우고를 반복했다. 이 또한 5년이 다 되었다.

평생 마시던 술을 끊었다. 과연 가능할까 스스로도 믿지 못했다. 1년 6개월. 한 방울도 마시지 않았다. 이 또한 '무식한 반복'이었다. 그냥 마시지 않는 것. 결심하고, 선언하고, 마시지 않는다. 이게 전부였다.

글을 쓰려는 사람 중에는, 예전의 나처럼 비법을 찾으려는 이들이 많다. 그들의 마음을 충분히 이해하고 공감한다. 분명한 것은, 비법 따위 없다는 사실을 빨리 알아차릴수록 글이 나아질 가능성이 더 크다는 사실이다. 이미 가지고 있는 파랑새에 집중하고, 매일 날갯짓을 반복하는 것만이 높이 비상할 수 있는 최고의 방법임을 잊지 말았으면 좋겠다.

글쓰기는 노동이다. 두 손을 움직여 백지를 채워나가는, 단순하지만 정직한 문장 노동이다. 땀 흘리는 만큼 실력도 늘어난다.

제법 한다는 소리. 참 듣기 좋다.

10

무례한 사람들에게 고함

책을 출간해 본 사람이라면 누구나 한 번쯤 경험해봤을 거다. 온라인 서점이나 블로그 등 SNS를 통해 거머리처럼 달라붙는 악성 댓글.

"이걸 책이라고 썼나? 돈 아깝다!"
"뭐야 이거, 자서전이야?"
"맞춤법도 모르는 게 작가냐?"
"책이 아니라 걸레구만."
"표지는 왜 이리 촌스러워."

눈앞에 있으면 따귀라도 한 대 갈겨주고 싶지만, 익명이 보장되는 온라인 특성상 그럴 수도 없고. 작가 속이 말이 아니다. 실제로 전화를 걸어와 눈물 흘리며 하소연하는 작가도 적지 않다. 그럴 때마다 나도 함께 속상하고 화난다.

건전한 비평의 자유라는 미명 아래, 상대에 대한 예의 하나도 갖추지 않고 마구 날려대는 상처와 비수들. 그들은 알지 못한다. 말과 글이 한 사람의 인생을 좌우할 수도 있다는 사실을.

묻고 싶다. 너는 그렇게 잘났냐? 글이라도 한 번 제대로 써봤냐? 너 때문에 상처 받는 사람의 심정을 털끝만큼이라도 알기나 하냐?

나는 안다. 이렇게 열심히 글을 써도 그들은 전혀 관심 없을 테고, 설령 읽는다 하더라도 자신을 향한 이야기인 줄 아예 모를 거라는 사실도.

한 줄이라도 조심스럽게 쓴다. 혹시 내 글을 읽는 누군가가 상처를 받지는 않을까. 한 마디라도 신경을 쓴다. 혹시 내 말을 듣고 아파할 누군가가 있지는 않을까.

어려운 문제라는 것에 동의한다. 나도 욱할 때 많다. 깊이 생각지 않고 툭툭 던져버리는 말. 지울 수 없는 상처가 된다는 사실을 뻔히 알면서도 자제하지 못할 때가 많다. 그러나 글은 다르다. 쓰고 지우고를 반복할 수 있다. 다듬을 수 있다. 이왕이면 표현을 다양하게, 조금은 마음 덜 아프게, 서로의 의견을 나누고 성장하고 발전할 수 있게, 얼마든지 쓸 수 있다.

내 블로그 댓글에다 삐딱한 소리 남기는 인간들은 그냥 두지 않는다. 끝까지 달라붙어 논리와 팩트로 맞붙는다. 대부분은 자멸한다. 댓

글을 중단한다. 심한 경우에는 연락처를 알아내 전화를 걸기도 한다.

"죽을래 임마! 어따 대고 막말이야 미친놈아! 주소 불러! 내가 지금 갈 테니까 딱 기다려!"

대구 사투리에다 평소보다 세 배 큰 목소리로 욕설을 날리면 상대는 미안하다며 기어들어가는 목소리로 사과한다.

연락처를 알아내기 힘든 경우가 더 많다. 어쩔 수 없이 참고 넘겨야 한다. 나 같은 사람이야 빗물 똥물 다 마셔봤으니까 거세게 맞붙기라도 하지. 세상 무서운 줄 모르는 순박한 작가들은 댓글 하나에 멘탈 탈탈 털리기 일쑤다. 괜히 책 썼다는 말을 하기도 하고, 서럽게 울기도 하고, 분하고 원통하다며 씩씩거리기도 한다.

우선, 작가들한테 먼저 말해두고 싶다. 온라인에서 익명으로 부정적인 댓글을 다는 사람들이 어떤 존재인지 정확히 알 필요가 있다. 그들은 어려서 부모 사랑을 받지 못했다. 주변 사람들로부터 관심도 받지 못했다. 능력도 재주도 없다. 사랑과 관심을 받고 싶지만 혼자 힘으로는 역부족이다. 아무리 난리를 쳐도 봐주는 사람이 없다. 그래서 선택한 거다. 이상한 댓글이라도 달자. 그러면 사람들이 화를 내면서 나의 존재를 알아준다고 믿는다. 처음엔 재미로 시작했지만, 나중에는 중독이 된다. 정상적인 댓글을 달면 아무도 봐주지 않으니까, 말도 안 되는 억지를 부려가며 시비를 건다. 그러니까 악성 댓글을 다는 사람들은 나쁜 사람이 아니라 불쌍한 사람인 거다. 차라리 나쁜 사람이라면 욕이라도 할 텐데. 그들은 우리가 품어주어야 할 이웃이다. 어쩔 수 없다. 길고양이가 목청껏 우는 것은 사람을 괴롭히기 위함이 아니다. 나 좀 봐달라는 아우성이다. 그러니 이제부터 삐딱한 댓글 하나에 속 상하는 일 없었으면 좋겠다. 적어도 우리는 글 쓰는 사람이니까. 품위 있게 안아주자.

자, 이제 못된 댓글 쓰는 인간들한테 고한다.

그만 해라. 좋게 말할 때 그만 두어라. 너의 눈으로 보기에는 우리 작가들 글이나 책이 형편없이 보일지 모르겠지만, 아무리 수준 낮은 책이라도 그거 한 권 쓰려면 혼을 담아야 한다. 시간과 노력에 대해 네가 뭘 알겠는가? 만약, 정 비딱한 소리를 지껄이고 싶다면, 그렇게 당당하다면 자신을 밝히지 못할 이유가 없지 않겠는가?

이렇게까지 써도 아마 이름과 전화번호를 당당히 밝히고 덤비는 인간 없을 거다. 왜냐? 그럴 만한 용기가 없을 테니까. 그런 행위를 한 사람은 못된 인간이면서 동시에 못난 인간들이야. 비겁하게 숨어서 다른 사람 가슴에 화살을 날리는 그들은, 언젠가 다른 누군가로부터 또 그렇게 받게 될 것이야. 내가 장담한다.

비평을 하고 싶으면 어휘력과 표현방식을 충분히 배우고 익힌 후에 정식으로 하라. 그럼 얼마든지 고개 숙이고 받아줄 수 있다. 다른 사람의 부족함을 공격하려 들지 말고, 자신의 모자람부터 채우는 것이 순서 아니겠는가?

64

세상에는 무례한 사람들이 있다. 어디나 존재하게 마련이다. 그런 사람들 때문에 소중한 내 마음 잃지 말았으면 좋겠다. 심지어 스스로 목숨까지 끊는 사람도 적지 않다는데. 우리가 해야 할 일은, 그 못된 인간들 때문에 상처를 받는 것도 아니고, 그들을 공격해 눌러버리는 것도 아니다. 어떤 경우에도 내 자신을 사랑할 수 있어야 한다는 것. 어떤 일이 있어도 내 소중한 삶을 지켜야 한다는 것. 잊지 말아야 한다.

코로나19 사태로 인해 온라인 세상은 더 확대될 전망이다. 스스로를 지키는 강인함과 흔들리지 않는 중심이 필요하다. 책 읽고 글 쓰면서 철학과 가치관을 정립하고, 세상의 약자들과 못난 사람들을 안타깝게 여기는 측은지심 새겨야겠다.

글 쓰는 것은 좋은 일이다. 악성 댓글 달랑 남기는 건 쉬운 일이다. 쉬운 일 말고 좋은 일 하면서 살아야 하지 않을까.

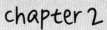

chapter 2

오늘 하루도
여전히 맑음

사람 사는 모습

씻지도 않은 채 아침밥을 먹었다. 연로하신 부모님 모시고 살기에, 하루 세 끼 꼬박 챙긴다. 입맛 없다고, 배부르다고, 끼니 거르는 일은 상상도 못한다.

고등학교 2학년인 아들은 아침마다 먹는 둥 마는 둥이다. 차라리 십 분이라도 더 자는 게 좋다며 여느 아이들과 다름없는 투정을 부린다. 다른 집 아이들은 아침을 거르는 경우가 많은가 보다. 마음 같아서는 더 자라고 하고 싶지만, 그랬다가는 아버지와 어머니 걱정과 염려를 종일 귀 따갑도록 들어야 할 터다.

방에 들어와 블로그 포스팅을 올렸다. 전날 진행했던 두 차례 책 쓰기 수업 후기도 작성했다. 문장수업 있는 날이라 강의 자료를 만들고, 예비 작가들에게 사전 학습 자료도 공유했다. 멀리 과테말라에서 온라인으로 책 쓰기 수업에 참여했던 김봉길 작가의 출간소식을 카톡으로 전달 받았다. 나이도 많은 분인데, 성실하게 수업 듣고 꾸준히 글 써서 기어이 결실을 만들어냈다. 존경스럽다. 반가운 마음에 출간소식 블로그에 올리고, 아들인 윤스키 작가가 운영하는 오픈 채팅방에 공유했다. 많은 관심과 사랑 받기를 바라본다.

일기를 썼다. 새해 들어 매일 똑같은 분량을 채우고 있다. 쓸 말이 없어도 채우고, 더 쓰고 싶어도 멈춘다. 정해진 분량을 쓰는 습관이야 말로 글쓰기 최고의 방법이다.

이어서 독서 노트도 작성했다. 읽기만 했을 때는 책과 내가 분리되어 따로 노는 것 같았다. 독서 노트를 작성한 후부터 읽는 족족 '내 것'이 된다는 희열 가득하다. 우선, 요약하는 습관이 생긴다. 요약이 가능하다는 말은 완벽히 이해했다는 뜻이다. 다음으로, 내게 필요한 내용과 그렇지 않은 것을 구분해내는 능력이 생겼다. 끝으로, 책 읽는 맛이 쏠쏠하다. 아날로그 글쓰기 방법과 습관은 권할 만하다.

등산을 마치고 돌아온 어머니의 폭풍 잔소리가 시작되었다. 어디서 심사가 꼬이셨는지, 아버지 방 흐트러진 것에 대해 앞뒤 없이 소리를 지르셨다.

"내가 이래가지고는 못 산다. 저기 어디 사람 사는 방인교? 돼지우리도 저것보다는 낫겠다. 청소 좀 하라꼬 내가 얼마나 말했능교! 안 되겠다. 내가 나가 살아야지. 원룸 하나 얻어가지고 나가야겠다!"

"다 내가 필요해서 그런 긴데, 당신은 왜 자꾸 쓸데없는 잔소리를 하노? 나갈라카믄 나가라!"

아버지와 어머니는 올 해 팔순이다. 다투는 모양새가 여덟 살에 다름 아니다. 여차하면 큰 싸움이 될 것 같아 중재를 시작했다. 방을 치우는 게 옳다느니 그냥 두는 게 낫다느니 하면서 어느 한 쪽 편을 들었다가는 불난 집에 기름을 붓는 꼴이나 다름없다. 나이 드신 어른일수록 기분을 잘 맞춰야 한다.

"어머니. 너무 속상해하지 마세요. 있잖아요. 제가 요즘 사업이 잘 돼서 기분이 참 좋습니다. 아버지 어머니 두 분 웃게 했다는 사실이 얼마나 행복하고 뿌듯한지 몰라요. 저는 어머니 웃는 모습이 제일 좋습니다. 우리 가족 이제 걱정할 것 없잖아요. 얼마나 힘들고 어려운 일 겪어가며 여기까지 왔습니까. 별것도 아닌 일에 화내지 마시고요. 집을 나가시다니, 말도 안 되는 소리 하지도 마세요. 어머니, 저 생각해서 그냥 웃고 넘기세요. 봄 되면 제가 아버지랑 날 잡아서 한 번 정리하겠습니다. 아셨죠?"

금방이라도 폭발할 것 같았던 어머니 표정이 금세 환해졌습니다.

"아이고, 내가 니 얘기 들으니까 순식간에 마음이 풀렸뿄다. 그래그래. 니가 잘 되니까 좋다. 내가 이 나이에 무슨 걱정이 있겠노. 그래그

래. 나중에 니가 팔 걷어부치고 정리 한 번 해주라. 아이고 잊었뿄데
이."

　오전 내내 일하느라 머리가 복잡했다. 아버지 어머니 다투시는 동
안 심란한 마음 다스리느라 혼났다. 바쁘고 정신없지만, 다행히 모든
일을 순조롭게 마무리한 것 같아 개운했다.
　교도소 퀴퀴한 방에 앉아 종일 입 다물고 먼 산 바라보며 가족 생각
을 했었다. 지지고 볶는 일상이 미치도록 그리웠다. 막노동판에서 시
멘트와 똥물 뒤집어써가며 하루 열 시간씩 육체노동 할 적에도, 남들
처럼 평범한 일상을 보낼 수 있다면 소원 없겠다 싶었다.
　마음에 쏙 드는 날, 인생에 며칠이나 되겠는가. 어쩌면 우리 더 바랄
것도 없는 삶을 누리면서도 늘 불평과 불만을 쏟아내는 것은 아닌지.
기어이 모든 것을 잃어봐야만 가진 것 소중한 줄 알게 되는 것인가.

　아들은 내일 아침 또 입이 삐죽 나올 테고, 아내는 집안일과 아들
공부 때문에 스트레스를 받을 것이며, 어머니는 수일 내에 또 잔소리
를 퍼부을 테고, 아버지는 입과 귀를 닫고 공원에 바둑을 두러 나가실
거다.
　나는 여전히 글을 쓰고 책을 읽고 강의를 하면서, 축복받은 이 길을
걸어가고 있겠지.
　거실에서 또 소란이 일었다. 아버지는 유튜브로 뽕짝을 들으시는

데, 소리가 너무 컸나보다.

"아 거 소리 쫌 작게 하소! 시끄러버 죽겠네! 귀에다가 뭐 꼽고 혼자 들으소! 사람이 나이 묵어가 와 저래 교양이 없겠노!"

원룸. 한 번 알아봐야겠다.

12

품격 있는, 실패

아들이 다섯 살이었을 때, 자전거와 줄넘기 그리고 농구를 가르쳤다. 나도 운동을 썩 잘하지 못했지만, 기본 정도는 알려줄 수 있었다.

"많이 넘어질 거야. 자전거를 배우는 유일한 방법이야. 넘어지는 걸 무서워하지 마."

"리듬을 타야 해. 마음속으로 하나 둘 하나 둘 계속 반복해 봐. 그리고, 그 리듬에 맞춰 두 손으로 줄을 돌려. 이제 줄이랑 같이 뛰기만 하면 돼."

"공을 던지기 전에 항상 마음속으로 이 말을 반복해. 들어간다. 들어간다. 들어간다."

아들은 많이 넘어졌고, 줄에 걸렸고, 슛을 넣지 못했습니다. 그럴 때마다 고개를 돌려 아빠를 처다봤고, 나는 환하게 웃으며 "잘했어!"라고 외쳤다.

글 쓰고 강의한다. 책을 출간하고 싶어 하는 사람들에게 디딤돌을 전하면서 살아간다. 소명이자 천직이다. 즐겁고 행복하다. 돈도 벌고, 시간도 자유롭고, 무엇보다 스트레스가 없다. 여기까지 오는 길 쉽지 않았다. 실패와 시련 수없이 많았고, 절망과 좌절 한두 번 아니었다. 많이 넘어졌고, 맨날 울었다. 감옥이라니! 파산이라니! 생각만 해도 아찔하다.

만약 내가 그런 역경을 전혀 겪지 않았더라면, 지금 어떤 삶을 살고 있을까? 이 또한, 생각만 해도 아찔하다. 오만과 고집으로 똘똘 뭉쳐 나 잘났소 하면서 살고 있겠지. 아픈 사람 마음 전혀 이해하지 못하고, 쓰러진 사람에게 손 내밀 줄 모르며, 인생의 의미와 가치가 무엇인지 깊이 있는 생각 따위 얼씬도 못했을 거다.

쓰라린 실패의 경험 덕분에 나는 글이란 걸 쓰게 됐다. 세상을 향한 분노와 원망, 내 자신에 대한 후회와 질책이 가슴 가득 쌓여 도저히 견딜 수가 없었을 때, 조용히 곁을 지켜준 것이 하얀 종이였다. 쓰는 것이 만만치 않았다. 그래서 읽기 시작했다. 책 속에는 인내와 용기와 희망과 극복이 담겨 있었고, 나는 다시 살기로 마음먹었다. 혹시 내가 쓴 글을 읽고도 다시 살아야겠다는 사람이 있지 않을까. 더 진지한 자세로, 더 정성껏, 글을 썼다.

글 쓰고 강의하면서 살아갈 수 있게 된 이유는, 무너진 경험 덕분이었다.

아들이 고등학교 2학년이 되었다. 공부를 열심히 해야 하는 시기……라고 하지만, 얼마나 하기 싫을까 그 마음 이해하고도 남는다. 그럼에도 부모라는 이름 때문에, 어쩌겠냐 공부를 안 할 수는 없잖아, 라고밖에 말할 수 없는 입장이 못마땅하다.

글 쓰고 강의하는 사람이, 아들 앞에서는 도무지 적당한 단어를 찾아낼 길이 없다. 입시라는 인생 첫 관문에서, 아들은 성공 또는 실패 둘 중 하나를 온몸으로 겪게 될 터다.

일주일쯤 지났을 때, 아들은 줄넘기를 족히 백 개는 해냈다. 자전거를 신나게 탔고, 열 번 중 다섯 번은 농구공을 골대에 집어넣었다. 아들은 폴짝폴짝 뛰었고, 나는 일산 호수공원이 떠나갈 듯 만세를 불렀다.

아들이 줄넘기를 백 개나 할 수 있었던 이유는 줄에 걸렸기 때문이다. 자전거를 신나게 탈 수 있었던 이유는 무릎에 멍이 시커멓게 들 정도로 넘어졌기 때문이며, 농구공을 던져 슛에 성공할 수 있었던 이유는 수도 없이 실패했기 때문이다.

실패는 방법을 터득하게 만든다. 그래서 실패가 아니다. 실패하기 싫지만, 성공만 하고 싶지만, 실패 없는 성공은 없다는 사실을 알기에 기꺼이 실패를 마주하려 한다.

온라인 강의가 다양하고 많다. 무료 또는 저렴한 가격으로 들을 수 있는 기회가 잦다. 코로나19라는 바이러스가 가져온 변화 중 하나다.

강의 듣는 걸 즐긴다. 그런데, 실패 이야기가 없는 강의는 공감이 되지도 않고 남는 것도 없다. 어떤 주제의 강의든, 자신의 실패담이 버무려져야만 제법 윤기가 난다. 이순신도 실패했고, 스티브 잡스도 실패했고, 조앤 롤링도 실패했다. 실패 없는 자서전 없고, 역경 없는 영웅도 없으며, 좌절 없는 주인공도 없다. 세상 모든 인물과 이야기에는 시련과 고통이 있고, 덕분에 사람 마음 움직이는 힘이 넘치는 법이다.

꽃길만 걸어가라는 말을 무슨 축사처럼 전하는데, 세상에 이보다 더한 악담은 없다. 무엇을 배울 것인가? 무엇을 느낄 것인가? 꽃길은 지옥이다. 최악이다.

아들에게 전하는 말로 이 글을 맺음하려 한다.

"아들아! 넘어지고 쓰러지고 피 흘리며 아파해라. 살아가는 동안 수없이 많은 벽과 걸림돌과 방해물을 만나라. 눈물이 나거든 마음 놓고 울어라. 화가 나면 소리를 질러라. 그리고, 반드시 다시 일어서라! 네가 겪는 모든 경험을 빼놓지 말고 기억해라. 혹시 너의 곁에 상처와 아픔으로 힘겨워하는 누군가가 온다면, 그 사람을 위해 네 경험을 들려주어라.

이렇게 하면, 너는 실패와 인내와 용기와 희망과 사랑을 배우게 될 것이다. 네가 가지게 될 최고의 재산이 '경험'이란 사실을 잊지 말기를. 줄넘기와 자전거와 농구공을 기억하길. 아빠는 너의 실패를 응원한다!"

13

찍어먹는 하루

아버지는 아침을 거르셨다. 입맛이 없어 속을 좀 비우겠다며 점심도 드시지 않았다. 공원에 잠시 나갔다가 친구와 저녁 먹고 온다며 이른 오후 나가셨다. 하루 세 끼 필사적으로 챙겨 드시던 분이다. 살면서 아버지 끼니 거르는 걸 본 기억이 없다. 이번엔 심각하다.

"내가 무슨 죽을죄를 지은 것도 아니고……."

잘못했다는 말을 연신 내뱉으면서도 마지막에 가서는 사족을 붙이는 어머니. 정말로 미안한 마음인 건지, 아니면 미안한 척을 하고 계신 건지.

아버지 연세도 많으신데, 이러다가 무슨 일 생기는 건 아닌지 걱정스럽다. 여자들이야 '밥 안 먹는 남자'의 마음을 이해할 수 없다 하지만, 나는 누구보다 아버지 심정을 공감할 수 있다. 일단 화가 나면, 사람을 마주하고 싶은 마음 자체가 사라진다. 얼굴도 보기 싫고, 말도 나누고 싶지 않다. '자기만의 동굴'로 들어가 충분한 시간 두고 자가 치유를 해야 한다. 이럴 때에는 누구의 위로도 필요 없고 해결책도 따로 없으며 달리 방법도 없다.

그게 이렇게까지 화를 낼 일이야?라고, 분노의 원인을 제공한 사람은 대개 이런 식의 자기 합리화를 시키곤 하지만, 정작 화가 난 사람은 뒤틀린 심사를 다시 정상 위치로 가져다 놓아야 하는 시간이 충분히 필요한 법이다. 아버지로부터 나에게로 이어진 유전적 처세다. 공감하는 남자들이 많았으면 좋겠다.

나는 화를 잘 내는 사람이었다. 굳이 과거형으로 쓴 이유는, 적어도 지금은 예전보다 화내는 빈도나 정도가 많이 줄었다고 생각하기 때문이다. 자신의 성격이나 행동이 변화했다는 사실을 스스로 느낄 정도라면 틀림없는 거겠지.

그럼에도 한 번씩 폭발할 때가 있는데, 대표적인 경우가 도무지 납득하기 힘든 행동을 볼 때다. 모 출판사 대표라는 사람으로부터 전화가 걸려왔다. 출판사도 대표도 전혀 모르는 사람이었다.

"누구 소개로 전화 드렸습니다. 이번에 OO병원 창립하신 분이 자서전을 내는데요. 책 나오기 전에 원고 내용 정리해서 보내드릴 테니까 추천사 좀 써주세요."

누군지도 모르는데 뭘 추천해? 정중히 거절했다.

"죄송합니다만, 저는 그 분을 알지 못합니다."

뭐 여기까지는 얼마든지 '그럴 수 있는' 통화 내용이라고 생각한다. 문제는 그때부터였다.

"네? 그게 무슨 말씀이세요? 추천사 써 본 적 없어요? 원고를 미리 드린다니까."

무슨 일이든 기본이라는 게 있다. 일을 할 때도 대화를 할 때도 상식을 벗어날 때는 충분한 설명과 배려와 이해가 필요하다. 나도 인생 똥물 구정물 다 마셔본 사람이라 웬만큼 어이없는 경우는 참고 넘어간다. 추천사는 '요구'가 아니라 '정중한 의뢰'이자 '부탁'이다. 기본 개념도 없는 사람이 출판사 대표라는 사실에 더 화가 났다.

정확히 기억나진 않지만, 아마도 그날 내게 전화했던 대부분 사람은 영문도 모른 체 상태가 좋지 않은 나를 상대해야 했을 거다. 평소라면 웃으며 넘길 일에 소리를 질렀을 테고, 괜한 한숨을 내쉬며 긴장하게 했을 것이고, 다시는 통화하고 싶지 않을 정도로 쌀쌀맞은 목소리를 내뱉었을 거다.

화는 화 자체로도 사람을 힘들게 하지만, 그 여파가 다른 이들에게 미치는 것도, 또 꽤 오랜 시간 지속된다는 것도 만만찮은 문제다. 가급적 빨리 기분 전환해야 한다는 사실을 나도 잘 알고 있지만, 평소 노력이 무색할 정도로 화나는 순간을 다스리지 못할 때가 잦다.

출판사 대표 때문에 화가 났던 날, 화를 내고 있는 자신이 마음에

들지 않아서, 다른 사람들에게 불똥을 튀기고 있는 자신이 못마땅해
서, 점점 더 화가 났다.

"아빠가 있어서 참 좋아!"

늦은 밤, 학원에서 아들을 태우고 집으로 돌아오는 길에 뒷좌석에
앉은 녀석이 불쑥 뱉은 말이다. 갑자기 그게 무슨 말이냐고 물어보려
다 그냥 입을 다물었다. 아빠가 없었으면 걸어와야 했겠지. 아빠가 없
었으면 맛있는 간식도 먹지 못했겠지. 아빠가 없었으면 할아버지와
할머니 다투실 때도 마음 편치 않았을 테고. 너무나 당연한 얘기가 가
슴 깊숙한 곳에까지 닿는 이유는 아빠가 없었던 시절을 겪어보았기
때문일 터다. 늦은 밤거리 네온사인 불빛이 흐려지고 번져 운전하기
힘들었다. 낮에 걸려왔던 출판사 대표의 몰상식한 전화 때문에 폭발
했던 마음이 촛불 꺼지듯 흔적도 없이 사라졌다.

뭐 이런 인간이 다 있어 싶었던 분노가 세상에 이런 따뜻한 말도 다
있네 싶은 마음으로 바뀌었다. 좋은 일만 생기면 좋겠지만, 인생과 하
루가 뜻대로만 흘러가지는 않는다. 준비하고 노력해도 사방에서 툭툭
바늘과 송곳을 찔러댄다. 좋은 일이 좋을 수 있는 이유는, 숱한 상처와
아픔을 느껴본 경험 때문인지도 모르겠다. 뒷면을 보았으니 여기가
앞면이라고 아는 것처럼.

불쑥 던진 아들의 한 마디 덕분에 종일 어깨를 눌렀던 속상함이 사

라졌다. 힘들고 짜증나는 날 많겠지만, 그럴수록 우리 곁에 소중한 사람이 함께한다는 사실을 떠올려야 한다. 보잘 것 없고 초라하게 여겨지는 하루일지라도 작은 한 마디에 툭 찍어 한 입 베어물면 맛과 느낌이 달라진다. 분노가 사랑으로 바뀔 때, 아쉬움이 감사로 변할 때, 살맛이라는 게 느껴지더라. 증오와 짜증보다는 그래도 웃음과 격려가 훨씬 낫지 않겠는가.

어중간한 시간에 집에 오셨다. 아침 차려드린다는 아내의 말을 아버지는 또 거절하셨다. 점심 먹기 전에 나가실 모양이다. 어떤 말을 해도 지금은 소용없다. 아버지의 분노와 짜증을 확 사라지게 만들 따뜻한 양념소스 뭐 없을까?

14

오늘, 나의 인생은 어땠나요

2021년 새로운 목표를 세우고 실천 중이다. 365일, 하루도 빠짐없이 일기를 쓰기로 했다. 조건도 덧붙였다. 일기장 한 페이지 첫 줄부터 마지막까지 똑같은 양으로 채울 것. 이 글을 쓰는 오늘까지 정확히 59일간 일기를 썼다. 59일 썼다는 얘기는 365일도 쓸 수 있다는 뜻이다. 기술도 요령도 필요 없다. 목표를 정하고 시작한다. 그리고, 계속한다.

과거에도 일기를 썼다. 매일 쓰지 않았고, 분량도 일정하지 않았다. 쓰고 싶은 날, 쓰고 싶은 만큼만 썼다. 어떤 식으로든 자신에게 맞는 방법을 선택하면 되겠지만, 내 삶을 촘촘하게 기록하고 싶다는 생각이 문득 들어서 매일 쓰기로 결심했다.

과거에 썼던 일기를 꺼내 읽어보면 한결같은 생각이 든다. 별일도 아닌데 그때는 왜 이토록 화를 냈을까? 이렇게까지 흥분하며 고통스러워할 일이었나? 사람의 느낌과 감정은 수시로 변하고, 세상과 사물을 바라보는 시선도 달라지게 마련이다. 화를 내거나 속상했던 기록들을 들추며 낯이 붉어지기도 하고, 왜 그렇게 자신을 힘들게 했을까 후회와 미련이 남기도 한다. 그러다보면, 오늘 지금 내게 일어난 모든 사건과 사람을 대하는 태도가 달라진다. 지금의 감정 또한 시간이 흐르고 나면 별것 아닌 것이 될 테시. 훗날, 오늘을 돌이키며 스스로 창피해하거나 아쉬워하지 않도록 마음 추스르며 살아야겠다는 다짐을 하게 된다. 일기 쓰는 맛이다.

강의 시간에 종종 수강생들한테 물어본다. 오늘 하루는 어땠나요? 다양한 대답이 쏟아지길 기대했던 나는 늘 실망하고 만다.

"회사 갔다가 집에 왔어요."

"별일 없었어요."

"학부모 회의 다녀왔어요."

"책 읽었어요."

"그냥 집에 있었어요."

오늘 하루 무엇을 했는지 궁금했던 게 아니다. 어떻게 보냈고, 어떤 느낌을 가졌으며, 어떤 마음으로 살았는지. 내 질문의 의도는, 좀 더 길고 구체적인 이야기를 듣고 싶었던 거다. 물론 강의 중이라는 제약 때문에 답을 간단히 했을 수도 있다. 하지만, 식당이나 카페에서 오랜만에 만난 친구들의 대답도 크게 다르지 않다.

"요즘 어때?"

"뭐, 그저 그렇지."

하루는 중요하다. 전부다. 오늘을 놓치는 사람에게 내일은 없다. 1년 후 10년 후 자신의 모습을 그리며 설레는 사람은 많지만, 오늘을 흥미진진하게 살아가는 이는 드물다. '오늘 하루 어땠나요'라는 질문을 '오늘 인생 어땠나요'라고 바꾸면 조금은 진지해질 수 있으려나.

본 것을 적는다. 점점 더 많이 보인다. 들은 것도 쓴다. 귀가 열린다. 무엇을 느꼈는지 스스로에게 묻다 보면, 느낌이란 것에 집중하게 된다. 글을 쓰라고 하면 쓸 것이 없다고 말하는 사람이 많은데, 보고 듣는 행위에 조금만 관심을 기울여도 글감이 차고 넘친다는 사실을 알게 될 거다. 글을 쓴다는 것은, 자기 안에 담긴 생각과 느낌을 문자로 표현하는 일이다. 많이 담기고 제대로 담긴다면 쓰는 일은 수월해질 수밖에 없다. 첫째는 쓰겠다는 마음이고, 둘째는 관심이다. 내 눈에 띄기만 해라, 다 써버릴 테다. 무슨 소리든 들리기만 해라, 모조리 써버리겠다. 우스꽝스러운 결심으로 보일 테지만, 적어도 나는 이런 각오로 하루를 마주한 덕분에 꽤 많은 글을 쓸 수 있었다.

일기는 주로 새벽에 쓴다. 밤에 쓰는 일기는 마음에 들지 않는다. 나도 모르게 자꾸만 반성과 다짐을 쓰기 때문이다. 열심히 살 것이다, 매일 무엇을 해야겠다, 다시는 그러지 말아야지, 앞으로는 어떻게 살아갈 것이다……. 맨날 깨닫고, 맨날 다짐하고, 맨날 결심한다. 무슨 수행자도 아니고 뭘 그리 깨닫고 난리인지. 다음날 아침 눈을 뜨는 순간부터 여전히 똑같은 태도로 살아갈 게 뻔한데, 굳이 일기장에다 쓸데없는 에너지를 낭비할 필요가 있을까 싶어서.

새벽에 일기를 쓰면 조금은 '객관적'이 된다. 어제의 내 삶을 '바라보는' 식으로 쓴다. 느낌과 감정을 최대한 절제하고, '김훈 작가의 글'을 흉내내어 본다. 자신의 삶을 다큐멘터리로 보는 맛이 쏠쏠하다. 잘했다 잘못했다 나누지 않고 그저 그런 일이 있었지라며 지켜보는 또 하나의 '나'를 발견한다. 세상을 정답과 오답으로만 보는 습관이 삶을 힘겹게 만든다. 무수한 실수와 실패를 거듭하면서 인생을 만들어간다는 생각을 하면 오늘 마주하는 모든 것들이 귀하게 여겨진다.

텅 비어 있던 오늘이 한 줄씩 채워진다. 나는 무엇을 보고 들었나? 나는 누구를 만났으며, 어떤 일을 겪었고, 어떤 감정을 느꼈는가?

오늘, 나의 인생은 어땠는가?

15

잊고 싶지 않은 과거

1987년 여름. 우리 집에는 처음으로 자가용이 생겼다. 프레스토 아맥스. 주택에 살던 시절이라 동네 골목에다 주차를 했다. 당시 중학생이던 나는, 설렘과 흥분을 주체하지 못하고 시시때때로 대문 밖으로 나가 '우리 차'를 살피곤 했다.

평일에는 주로 어머니 출퇴근용으로 사용했다. 주말이 되면, 아버지와 어머니는 차를 몰고 고향으로 바다로 드라이브를 즐겼다. 가끔씩 내가 따라붙기도 했지만, 사춘기를 지나면서 혼자 집에 있는 걸 더 좋아했다. 아무튼, 두 분은 그렇게 '우리 차'를 제대로 활용하셨다.

어느 날, 저녁 식사를 하는데 어머니가 자꾸만 웃는다. 무슨 재미난 일 있냐며 온 가족이 궁금해 하니까 그제야 이야기를 시작하신다.

집에서 학교까지 차를 몰고 출근하는데, 갑자기 주변 차들이 빵빵

거렸다고 한다. 초보 운전이었던 어머니는 어안이 벙벙해졌고, 대체 무슨 잘못을 저질렀는지 황당해 하셨다. 차선도 지키고 있고 신호도 문제없었다. 주위에서 자꾸 빵빵 거리니까 어머니도 짜증이 나셨는지, 에라 모르겠다 무시하기로 마음먹었다. 신호 대기에 걸려 정차 중인 어머니를 향해 옆 차선에 멈춰 선 운전자가 창을 내리고 소리를 질렀다.

"아줌마! 차 위에! 차 위에!"

어머니는 그제야 얼굴이 시뻘개져서 얼른 운전석에서 내려 차 위에 놓인 도시락을 가방에 챙겨 넣었다.

출근하는 데에만 정신이 쏠려 차 문을 여는 동안 도시락을 지붕 위에다 놓고선 깜빡 했던 것. 도로를 달리던 차들은 어머니 차 위에 얌전히 놓인 도시락을 보며 깔깔대고 웃었을 터다.

명절에 친척들이 모이거나 가족끼리 우스갯소리를 할 때마다 도시락을 차 위에 올려놓고 운전했다는 이야기가 단골로 등장한다. 34년 전 이야기다. 숱한 세월 동안 골백번은 들었다. 지겨울 정도다. 한 번은 대놓고 말씀드린 적도 있다.

"또 그 얘기에요? 이제 그만 좀 해요. 너무 많이 들어서 이젠 별로 웃기지도 않아."

어머니는 아랑곳하지 않고, 기회 있을 때마다 도시락 얘기를 꺼내시곤 한다. 나중에야 알게 된 사실이지만, 어머니는 그 이야기를 웃기려고 하신 게 아니었다. 젊은 시절, 가정과 직장을 오가며 정신없이 살았던 기억을 놓지 않으려고. 팔순이 다 된 지금, 단 하루라도 마음의 여유를 갖고 삶을 즐기고 싶다고.

"그때는 뭐가 그리 바쁘고 급했던지. 어린 자식들 떼놓고 출근하고, 주말에도 일하고, 밤 12시에 세탁기를 돌렸지. 돌아보면 참 허무하고 후회되는 시절이야. 남은 인생은 그리 살고 싶지 않아."

감옥에 다녀온 이야기를 자주 하는 편이다. 강의를 할 때마다 첫 인사용으로 사업 실패와 더불어 감옥 이야기를 장황할 정도로 꺼냈었다.

"작가님! 이제 감옥 얘기 좀 그만하세요! 지겨워 죽겠어요!"

언젠가 수강생이 내게 했던 말이다. 흔들리지 않을 거라고 생각하면서도, 한편으로는 너무 많이 우려먹는다는 느낌을 주는 것 같아 갈등하기도 했다. 코로나19의 여파로 온라인 강의를 시작하게 되었고, 강의 내용을 전부 새롭게 바꾸었다. 그 과정에서 서두에 상당 부분을 차지했던 '감옥 이야기'는 대폭 삭제했고, 글을 쓰는 방법과 작가로서의 마음가짐으로 초점을 옮겼다. 수강생의 반응도 나쁘지 않았다. 한동안 새롭게 준비한 자료로 강의를 이어갔고, 온라인 강의도 성공적으로 자리매김 할 수 있었다.

제 버릇 남 못준다고 했던가. 강의를 할 때마다 불쑥 감옥 이야기가 흘러나온다. 미리 준비했던 내용이 아님에도 자연스럽게 고리가 생겨 연결하고야 마는 것이다. 모니터에 비치는 수강생들은 깔깔거리며 웃기도 하고, 휴지로 눈물을 닦기도 한다.

감옥에 갔다 온 이야기. 웃기려고 하는 것도 아니고, 동정을 얻기 위함도 아니며, 사람들을 자극시키기 위함도 아니다. 그 이야기를 놓지 못하는 진짜 이유는 내게 있다.

나는 즉흥적이다. 감정의 변화가 심한 편이다. 욱 하는 때도 많고, 신중하지 못한 결정을 내릴 때도 잦다. 현재의 환경과 상황에 불만이 생길 때도 있고, 자꾸만 더 나은 미래를 가지고 싶다는 욕심이 일어날 때도 많다. 그럴 때마다 인생 최악의 순간을 떠올린다.

양반다리를 하고 앉아 상체를 바닥 쪽으로 숙이고 글을 썼다. 피가 거꾸로 쏠려 10분만 쓰고 나면 어지러웠다. 다리에는 쥐가 났고, 손목은 인대가 늘어날 정도로 아팠다. 그 시절, 간절히 바랐던 소원이 하나 있었다. 작은 밥상이라도 하나 있으면 좋겠다는 바람. 얼마나 절실했던지, 개인 소지품을 담아 보관하는 상자를 뒤집어 놓고 글을 쓰기도 했었다.

노트북 세 대. 키보드 세 대. 몰스킨 다이어리와 노트는 셀 수 없을 정도다. 아들 방에서 집필하고, 여덟 평짜리 원룸 사무실도 하나 마련했다. 세상 어느 거장 못지않은 환경과 조건을 갖추고 있는 셈이다. 세상 뒤편에서 지냈던 시절과 비교하면 하나하나가 기적이나 다름없다.

인간의 욕심은 끝이 없다는데. 내가 딱 그 꼴이다. 더 바라고, 더 원하고, 더 갖고 싶다는 욕구가 자꾸만 옴짝거린다.

아픔과 상처를 잊으려는 사람이 많다. 나도 뭐 그리 들춰내고 싶겠는가. 감옥 얘기 아니라도 웃기고 울릴 만한 이야기 얼마든지 많다. 감동을 줄 수도 있고, 공감을 끌어낼 수도 있다. 하지만 나는, 기어이 그 시절의 이야기를 다시 꺼낸다. 먼지가 뿌옇게 앉았고, 빛마저 바랜 이야기를. 닦고 털어내며 다시 그 이야기를 하고야 만다.

정신 차리라는 일갈을 내게 던지는 신성한 행위다. 잊고 싶다. 그러나 결코 잊어서는 안 되는 기억이다. 억지로라도 다시 꺼내고, 다시 하고, 다시 써야 한다. 나의 정신이, 나의 마음이, 지금을 더 없이 감사하게 여길 수 있도록 찔러대야 하는 것이다.

어머니는 마음 편안하게 여생을 즐기고 계신다. 지금도 종종 차 지붕 위에 도시락을 놓고 달렸던 이야기를 꺼내며 온 가족 함께 웃는다. 자꾸 들어 지루하기까지 한 그 이야기 덕분에, 어머니는 젊은 시절 정신없이 살았던 아쉬움과 회한을 잊지 않는다.

과거에 집착하면 현재를 살아내기 힘들다. 허나, 과거를 무시하면 똑같은 실수를 되풀이하게 될 위험도 있다.

아프고 힘든 이야기지만, 생이 다하는 날까지 생생하게 기억하려 한다. 지우고 싶은 과거지만, 잊고 싶지 않은 삶의 조각이기도 하다.

16

깔깔이에 관한 보고서

"어이! 이씨! 거기 깔깔이 좀 가져와!"

사다리 위에 올라가 있던 송씨가 내게 말했다. 깔깔이? 그게 뭐지? 군대에서 입는 누런 색 방한복? 갑자기 그걸 왜 찾아? 송씨의 다급한 목소리에 주변을 둘러봤지만, 깔깔이 비슷한 것도 찾을 수 없었다. 두리번거리고 있는 나를 향해 송씨는 한 번 더 소리를 질렀다.

"거기 있잖아 거기! 아 진짜 뭐하는 거야! 빨랑 갖다 줘!"

미치겠네 진짜. 날도 더운데 왜 갑자기 깔깔이를 찾고 난리야. 이유야 어쨌든, 빨리 깔깔이를 찾아야 하는데. 눈을 씻고 봐도 찾을 수 없었다. 나는 애처로운 눈빛으로 송씨를 쳐다봤다. 진짜 같이 일 못하겠네 씨팔! 욕설을 뱉으며 송씨가 사다리에서 내려왔다. 그리고는 내 코 앞에까지 와서 허리를 숙이더니 바닥에 놓인 시커먼 연장 하나를 들고 돌아선다. 저게 뭐지? 저게 왜 깔깔이야? 도무지 이해가 되지 않는 상황에 어리둥절하던 나는, 불과 10초 만에 모든 것을 파악할 수 있었다.

깔깔깔, 깔깔깔, 깔깔깔……

나사를 홈에 맞춘 후, 시커먼 연장을 끼워 돌리니까 '깔깔깔' 하는 소리가 선명하게 들렸다. 한 번 돌릴 때마다 깔깔거린다. 아! 그래서 깔깔이라고 했구나.

막노동 현장에는 아직도 일본어와 은어 비어들이 잔뜩 남아 있다. 시간이 흘러도 크게 달라질 것 같지 않다. 하루 벌어 하루 먹고 사는 이들에게 한글 사용 따위 중요치 않았다. 깔깔이, 곰방, 아시바, 폼, 파레트……. 지금은 많이 잊어버렸지만, 나는 태어나 처음 듣는 낯선 단어들을 하나씩 익혀가며 '노가다꾼'이 되어가고 있었다.

막노동 현장의 대표적인 특징 하나. 어느 누구도 일을 가르쳐주지 않는다는 거다. 막무가내로 투입되고, 무조건 일해야 하며, 끝까지 견뎌내야 돈을 받는다. 힘들다 못하겠다 소리 하나마나다. 징징거려봐야 욕만 먹는다. 일꾼들의 피부색이 새카만 이유는, 볕에 그을린 탓도 있겠지만, 불평불만 모두 끌어안아 속이 다 탔기 때문인지도 모르겠다.

살면서 망치 한 번 제대로 잡아본 적 없는 내가, 살기 위해 인력시장을 찾았다. 두려웠다. 가기 싫었다. 약해빠진 몸뚱아리로 잘 견뎌낼 수 있을지 의문이었고, 낯설고 거친 이들 틈에서 다치지나 않을까 염려되었다. 당장 가족 생계가 문제였다. 머리 굴리며 그럴 듯한 직업 찾고 있을 여유도 없었고, 취직 자체가 이미 불가능한 상태이기도 했다.

몸이 고달프다는 사실보다 더 힘들었던 것은, 도무지 일의 순서와 내용을 알 수 없었다는 사실이다. 새벽에 인력 시장 나가서 봉고차 재수 좋게 걸려 타면, 현장에 도착할 때까지 불안하고 초조했다. 오늘은 또 무슨 일을 하게 되는 걸까. 욕은 또 얼마나 처먹을까.

6개월쯤 지났을 무렵, 이마에 흐르는 땀을 연신 닦아내며 철거 작업을 하고 있는데 송씨가 곁에서 툭 말을 던진다.
"이씨, 일 좀 하네."
막노동 현장에서 같이 일하는 까무잡잡하고 키 작은 아저씨가 던진 대수롭지 않은 한 마디에 얼마나 감동을 받았는지 지금도 생생하다. 하마터면 눈물을 흘릴 뻔했다. 지난 6개월 동안 뼈마디가 부서질 정도로 일했다. 얼마나 욕을 먹었는지 어쩌면 내가 진짜 바보가 아닐까 싶은 생각마저 들 정도였다. 부모님과 처자식 생각하며 이 악물고 참았는데. 몇 번이나 때려치우고 싶은 심정 억누르며 새벽마다 인력 시장을 찾았는데. 송씨의 한 마디가 그 모든 고생과 애환을 한꺼번에 씻어주는 듯했다. 일 좀 한다는 말이 그렇게 듣기 좋은 소리인 줄 처음 알았다.

무식하게 반복했다. 매일 연습했다. 아무것도 모르는 백지 상태에서 시작한 막노동이었다. 달리 방법이 없었다. 일당 9만 원을 바라보며 모래와 벽돌을 나르고 망치질을 했으며 돼지 시체를 치웠다. 그렇게 3년. 나는 평생 간직할 인생철학 하나를 품고 인력 시장을 떠났다.

'일 좀 한다' 수준이 될 때까지 연습하고 반복한다. 매일 글을 쓰고, 매일 책을 읽고, 매일 강의 준비를 한다. 쉽고 빠르게 할 수 있는 비법이나 요령을 찾느라 시간 낭비하지 않는다. 애초부터 그런 게 있을 거라는 기대조차 갖지 않는다. 안 할 거면 말고, 할 거면 입 다물고 연습한다.

책을 다섯 권 출간했고, 2021년 3월 기준 422명의 작가를 배출했다. 누가 봐도 딴지 걸 수 없는 압도적인 성과다. 나조차도 믿기지 않는 결실이다. 그래서 더 확신을 갖게 되었다. 재고 따지고 분석하는 대신, 무식하게 반복하고 연습하는 것이 어쩌면 지금을 살아가는 확실한 방법일지도 모르겠다.

SNS 시대다. 온라인 세상이다. 빠르다. 엄청난 양의 정보가 쏟아진다. 사람들 마음도 더불어 바빠졌다. 일일이 소화하기 힘든 세상이 되어버린 탓에, 즉흥적이고 반사적이며 겉핥기식 인생을 살아가는 것이 당연하게 여겨진다. 이런 때일수록 노력과 훈련이라는 단어에 집중해야 한다. 누구나 알고 있듯, 삶은 요령과 눈속임으로 만들 수 없다.

겉은 화려한데 속은 초라한 이들이 많다. 마케팅은 그럴 듯한데 실력은 없다. 말은 많은데 깊이는 없다. 결심과 각오만 넘쳐나고 실행은 드물다. 현실을 받아들여야 한다. 상황이 이쯤 되면, 한편으로 엄청난 기회가 있는 세상이라는 것도 알아차릴 수 있다. 어떤 분야든 조금만 정성을 기울여 집중하고 연습하면 탁월한 존재가 될 수 있는 세상이

기도 하다. 대부분 사람이 대충 살고 있을 때, 정신을 똑바로 차리기만
하면 승부를 지을 수 있지 않겠는가.

깔깔이가 뭔지도 몰라 하루 온종일 욕만 처먹던 노가다 잡부가, 어
엿한 1인 기업 대표로서 글쓰기 문화를 전파하고 있으며, 작가의 꿈을
간직한 이들에게 도전과 성취를 안겨주고 있다. 이 모든 것이 앞뒤 재
지 않고 무식하게 반복하고 연습한 결과다.

빠르고 쉬운 길은 내리막길밖에 없다. 깔깔깔⋯⋯ 깔깔깔⋯⋯ 깔깔
깔⋯⋯.

ㄴ
내가 정한 기준

아버지 지인 중에 오리고기 식당을 운영하는 분이 있다. 온 가족 외식하러 간 적 있는데, 보쌈처럼 수육으로 얇게 썰어 넓은 접시에 담아 나왔다. 지글지글 불에 굽고 뒤집는 오리고기도 맛있지만, 담백하게 쌈 싸서 먹는 수육도 제법 먹을 만했다. 밑반찬도 정갈했고, 식당 분위기도 은은했다. 군데군데 칸막이도 설치되어 있어서, 열린 공간임에도 불구하고 우리 가족끼리만 별채를 쓰는 것 같은 기분도 들었다.

어느 정도 배가 불렀을 즈음, 식당 내부를 둘러보았다. 천정이 높아서 갤러리 같기도 했고, 무엇보다 팔공산 인근에 위치하고 있어서 새소리와 맑은 공기가 한 몫을 차지하기도 했다. 부부가 함께 운영하고 있었다. 클래식 음악을 들으며 오리고기 먹는 맛도 쏠쏠했고, 품격이 느껴지는 분위기와 주인 부부의 친절 덕분에 만족스러운 저녁 식사를 할 수 있었다.

"판사 하다가 그만두고 오리고기 식당을 시작한 거야."

집으로 돌아오는 차 안에서 아버지로부터 듣게 된 주인 부부의 이야기는 충격적이었다. 판사? 법원에서 망토 걸치고 망치 두드리는 그 판사? 우리가 흔히 말하는 그 대단한(?) 판사라고? 그런데 그런 판사가 사표 쓰고 오리고기를 판다고? 믿기지 않았다. 믿기지 않은 내가 초라하고 속물처럼 느껴졌지만, 그래도 믿기지 않았다.

"하고 싶은 일 하면서 살겠다고 결심했다네."

아무리 하고 싶은 일이라지만, 판사를 때려치우고 오리고기 식당을 하다니. 남편도 대단하지만, 그걸 허락한 아내가 더 대단하다 싶었다. 로망과 현실은 분명 다를 텐데. 다른 사람들이 보는 시선도 의식하지 않을 수 없었을 텐데. 집에 도착할 때까지, 나는 내내 판사와 오리고기 식당을 저울질하며 물음표를 떠올렸다.

나는 글을 잘 쓰지 못한다. 내가 정한 기준에 이르려면 연습을 게을리 하지 말아야 한다. 잘 쓰고 싶었다. 제법 쓰는 줄 알았다. 막상 글을 쓰기 시작했을 때, 내가 이 정도밖에 되지 않는다는 현실에 좌절하고 절망했었다. 하고 싶은 말이 가슴 가득 담겨 있는데, 그것이 문자로 표현되지 않을 때의 답답함은 이루 말로 표현할 수 없을 정도였다. 책을 많이 읽으면 잘 쓸 수 있다는 말을 듣고 독서도 충실하게 했다. 그러나, 책을 읽을수록 내 글이 형편없다는 진실만 확인할 뿐이었다. 매일 글을 쓰고 공부하고 연습하면서 조금씩 나아졌다. 적어도 희망이 생기긴 했다.

책을 출간하겠다고 마음먹었을 때, 나는 여전히 내 글에 만족하지 못했다. 그럼에도 기어이 출판을 결정하고 밀어붙였던 이유는, 내가 정한 첫 번째 기준을 달성했기 때문이었다. 초등학교 4학년이 읽어도 무슨 말인지 충분히 이해할 수 있는 '쉬운 글'. 세상 사람들이 뭐라 하든지 내가 정한 1차 기준에 도달했으니 책을 출간해도 되겠다고 확신했다.

첫 번째 책이 세상에 나왔을 때, 독자들의 반응은 크게 두 가지였다. 희망과 용기를 얻게 됐다며 감사하다는 인사를 전하는 독자들. 그리고, 이것도 책이라고 냈냐며 난생 처음 듣는 욕설을 날리는 독자들. 칭찬은 금세 사라지고 험담은 오래 남게 마련이다. 힘들지 않았냐고 묻는 사람 많은데, 솔직히 답을 하자면 나는 전혀 흔들리지 않았다. 대신 결심을 한 가지 했다. 두 번째 책을 출간해야겠다! 이번에는 또 다른 나만의 기준을 세웠다. 나의 경험을 있는 그대로 전할 수 있는, 그런 정도의 글이라면 만족할 수 있을 것 같았다. 《최고다 내 인생》이라는 제목으로 두 번째 책을 출간했다. 역시나 독자들 반응은 두 가지로 나뉘었다. 가슴 시린 내용 잘 읽었다는 극찬과 돈 아깝다는 힐난. 기분 나빴냐고? 세 번째 책을 쓰기로 했다.

"내가 쓴 책을 읽고 사람들이 뭐라 할까 봐 두려워요."

책쓰기 수업을 진행하다 보면, 이런 말을 자주 듣게 된다. 충분히 이해한다. 그러나, 꼭 생각해 봐야 할 것이 있다. 사람마다 성향과 생각이 다르다. 열 명이면 열 가지 색깔 나온다. 그 입맛 어찌 다 맞추겠는가. 내가 어떻게 쓰든, 내 글을 좋아하는 독자도 있고 싫어하는 독자도 있게 마련이다. 어떻게 쓰든 그렇다. 타인의 입맛에 맞춰 '좋아요'를 기대하며 쓸 것인가. 아니면 스스로 기준을 정하고, 그 기준을 넘어서기 위해 최선을 다한다는 마음으로 글을 쓸 것인가.

독자 성향이 다양하듯, 작가의 취향도 가지각색이다. 사람마다 쓰고 싶은 글이 다르고, 주제가 다르고, 문체가 다르다. '나의 글'을 써야 보람과 희열을 느낄 수 있다.

자신만의 기준을 조금 높게 가지면 더 좋겠다. 글 쓰는 실력 하루아침에 좋아지지 않는다. 꾸준한 노력과 시간, 그리고 공을 들여야 한다. 책이 출간되었을 때, 두 손을 하늘로 쫙 펴고 해냈다는 감동 잠시라도 느껴봐야 하지 않겠는가. 독자들한테 부끄러운 책이 될까 걱정하지 말고, 스스로에게 당당할 수 있는지 고민해야 한다.

판사를 계속했다면, 먹고살 만큼 돈도 벌고 주변 사람들한테 존경과 우러름도 받았을 터다. 아내를 포함한 가족 어디 가서 고개 빳빳하게 들고 살았을 테지. 그러나, 스스로에게는 미안했을 게 분명하다. 하고 싶은 일을 하지 못하고, 세상 사람들 입맛에 맞춰 인형으로 살았다는 사실이 죽을 때까지 한으로 맺혔을 거다.

온라인 시대다. 정보와 지식이 홍수처럼 쏟아진다. '많다'는 말은 '무관심'과 연결된다. 부족할 땐 하나라도 소중하게 여겨지지만, 넘칠 땐 아쉬운 마음 하나도 없다. 이런 시대일수록 자기중심이 절실하다. 무엇에 초점을 맞출 것인지, 어떤 철학으로 살아갈 것인지, 어떤 그림을 남기고 떠날 것인지. 그 중심에 '내'가 있어야 한다. 세상은 모든 걸 줄 수 있지만, 내게 가장 필요한 것은 나만 알고 있다. 자기중심이 없는 사람은 휩쓸리고 흔들린다.

오리고기 식당을 운영하는 부부의 표정은 따뜻했다. 행복해 보였다. 머릿속으로 그 사장의 어깨에 판사 가운을 걸쳐 보았다. 머릿속이 어두워졌다.

빠네 파스타 닭갈비

매주 토요일. 아들 학원 마치는 시간은 오후 1시 10분. 아버지와 어머니는 다른 일정이 있고, 아내는 집에서 혼자 쉬고 싶어 한다. 일주일에 한 번, 아들과 둘이 외식을 하며 오붓한 시간을 갖는다. 나한테는 황금 같은 시간이다. 다행히 아들도 좋아한다.

오늘은 뭘 먹을까?

먹고 싶은 거 없어?

돈까스 어때? 부대찌개는? 갈비탕? 곱창전골?

고등학교 2학년 아들 앞에서 나는 쉴 새 없이 쫑알거린다. 말 많은 아빠다. 그런 아빠를, 아들은 좋아한다. 아니, 적어도 싫은 내색을 하지는 않는다. 이왕이면 유쾌 발랄 모드로 황금 같은 시간을 보내고 싶다. 아빠와 아들 사이에 어색함이 흐른다면, 나는 견딜 수 없을지도 모른다.

부대찌개를 먹기로 결정했다. 학원 인근에 위치한 〈놀부 부대찌개〉로 들어갔다. 코로나19 여파로 예전 같지는 않았지만, 그래도 주말 점심이라 꽤 많은 손님들이 테이블을 채우고 있었다. 종업원이 안내해 주는 자리에 앉아 메뉴판을 펼쳤다.

부대찌개 종류만 다섯 가지. 그런데, 메뉴판 우측에 독특한 메뉴들이 눈에 띄었다. 빠네 파스타 닭갈비, 퐁듀 매콤 닭갈비, 갈릭 파스타 닭갈비. 먹음직스럽게 보이는 메뉴판 사진을 보다가 아들과 나는 동시에 눈을 마주쳤다.

"여기요! 빠네 파스타 닭갈비 2인분이요!"

아내가 함께 있을 때 낯선 메뉴를 주문하는 것은 상상조차 하지 못한다. 늘 안전 우선주의다. 그러나 아들과 둘이서는 언제나 모험을 즐긴다. 우리가 내린 현명한 판단과 선택을 내심 흡족해하면서 주문한 음식을 기다린다.

생각보다 오래 걸렸다. 먼저 닭갈비를 익혀야 했다. 다음으로 파스타를 요리한다. 두 가지 요리를 바로 먹을 수 있도록 준비한 후에야 주방에서 가지고 나왔다. 비주얼은 성공이었다. 가운데 놓인 빠네 파스타부터 맛보았다. 크림과 치즈가 어울려 진하고 고소했다. 아들과 나의 입맛에 맞춤이었다. 다음으로 닭갈비와 야채를 한 번에 집어 입안에 넣었다. 대구 사람 입맛은 짜고 맵고 강렬하다. 엉성한 맛은 매력 없다. 그래서 아들과 나는 콩나물국을 좋아하지 않는다. 다행히, 닭갈비 양념은 만족스러웠다. 오래 기다린 보람 있었다. 맛있게 먹는 아들을 보면서 흐뭇한 마음으로 함께 먹었다.

공부는 잘 돼? 여자 친구 없나? 대학에 가면 해외 배낭여행 한 번 다녀와라. 혼자 제주도 여행 다녀오는 것도 좋겠다. 무슨 일이든 도전해 봐라. 실패하고 넘어지는 거 두려워하지 말고, 뭐든 마음 내키는 거 있으면 덤비고 질러라. 남자는 그렇게 사는 거야.

아들은 때로 머리를 주억거렸고, 때로 자신의 생각을 표현하기도 했고, 켁켁 거리며 웃음을 터트리기도 했다.

아버지와 단 둘이 밥을 먹어 본 기억이 없다. 술 한 잔 기울여본 적도 없다. 아버지는 35년간 경찰로 근무하셨다. 최루탄을 던지고 몽둥이로 맞서던 시절. 아버지는 그 피와 땀의 현장 한가운데 서서 평생을 보내셨다. 아침에 출근하고 저녁에 퇴근했다. '비상'이라는 전화를 받을 때면 새벽 2시에도 전투복을 입고 나가셨고, 주말 오후에 가족 외식을 하다가도 출동하셨다. 아버지는 경찰이었고, 나는 경찰이 세상에서 가장 바쁘고 힘한 직업인 줄 알면서 컸다.

초등학교 1학년, 학부모 일일교사로 아버지가 교단에 섰을 때, 나는 세상을 다 가진 것 같았다. 운동회가 있는 날에는, 바쁜 현장을 뒤로 하고 늘 학교에 오셔서 누나와 나를 갈비 식당으로 데려가 점심을 먹였다.

"든든하게 잘 먹어야 달리기 1등 한다."

초등학교 6학년, 전교 어린이 회장이 되었을 때도 아버지는 만사 제치고 학교로 달려와 교장 선생님과 면담을 나누셨다. 바쁘다, 힘들다, 두 개의 단어가 늘 아버지라는 말과 겹친다. 그러면서도 자식에 관한 일이라면 두 팔을 걷어붙였다. 나에게 아버지는 큰 산이었고 버팀목이었다.

사업에 실패한 후 세상 뒤편으로 튕겨져 나갔을 때, 아버지는 편지를 한 통도 쓰지 않으셨다. 만약 그때 아버지가 한 통이라도 편지를 보냈더라면, 나는 무너지고 말았을 거다. 아버지의 침묵은 나를 향한 믿음이었고, 당신을 향한 형벌이었다. 아버지와 나는 입을 다물고, 온몸으로 현실의 아픔을 받아들였다.

세상으로 다시 돌아왔을 때, 나는 아버지께 한 마디를 드렸다. 죄송합니다 아버지. 아버지는 내게 한 마디를 돌려주셨다.

"앞길이 구만리다. 다시 시작해라."

닭갈비와 양념이 조금 남은 시점에서 밥 두 개를 볶아 달라고, 종업원에게 말했다. 잠시 후, 김치와 파 그리고 계란과 하얀 쌀밥이 시뻘건 닭갈비와 함께 지글지글 볶아졌다. 색이 연하고 조금 싱겁게 보여 별론가 했는데, 한 입 먹는 순간 감탄사가 절로 났다.

"아빠! 이 집은 볶음밥이 제대로야!"

조금 전까지 파스타와 닭갈비를 한껏 먹은 녀석은, 마치 늦은 점심

첫 술을 뜨는 것처럼 다시 볶음밥에 집중했다. 혼이 담긴 식성이다. 문제는, 그런 아들 녀석을 보면서 내 마음도 급해졌다는 것. 서둘러 숟가락질을 했다. 짜식이 좀 천천히 먹을 것이지.

사이다 한 병을 시켜 입을 헹궜다. 얼큰하고 맵싸한 음식을 먹은 후에 마시는 시원한 사이다는 그야말로 사이다였다.

나는 다시 시작했고, 제법 잘 긴고 있다.

19

글쓰기의 아이러니

"내가 쓴 글을 읽고 사람들이 뭐라 할까 봐 걱정돼요."

온라인 카페를 운영하고 있다. 책을 출간하고 싶다며 내 수업을 찾은 이들에게 글을 써서 카페에 올리라고 한다. 그러면 나는 틈나는 대로 그들이 쓴 글을 읽으며 방향을 잡아주기도 하고 잘 쓰고 있다며 응원을 보내기도 한다. 혼자서 쓰기만 하는 것보다 카페에 등록하는 '행위'를 같이 묶어두면 아무래도 진도 나가는 데 도움이 된다.

책을 출간하면 전국 서점에 진열되고, 온라인에도 공개된다. 수많은 사람이 '나의 글'을 읽게 되는 것이다. 그런 의미에서 '출간'은 '노출'이라는 단어와 뗄 수 없다. 사적인 이야기든 과거 상처든 자신이 쓰는 이야기는 모두 독자들에게 전해진다. 사람들에게 보여주기 싫은 수치와 모멸의 순간도 있을 수 있고, 실수와 잘못을 써야 하는 때도 있다. 자신의 삶을 세상에 공개한다는 것이 쉽지만은 않다. 허나, 이런

저런 이유와 평계로 감추는 데 급급하다 보면 책이라는 걸 낼 이유가 없지 않은가.

아직 책이라는 모양새를 갖춘 것도 아니고, 초고를 쓰기 시작했을 뿐인데도 카페에 글 올리기가 꺼려진다는 것은 작가가 될 마음의 준비가 전혀 되지 않았다고 보는 것이 타당하다. 왜 책을 쓰려고 하는 것인지 초심부터 다시 살펴봐야 할 것이다.

가장 먼저 챙겨야 할 것은, 자신이 썩 잘 쓰지 못한다는 사실을 인정하고 받아들이는 태도다. 사람은 누구나 자신이 가지고 있는 것보다 더 많은 걸 보여주고 싶어 한다. 무대에 오를 때 긴장이 되는 이유는, 있는 그대로의 자신보다 더 잘난 자신을 보여주어야 한다는 강박 때문이다. 잘 하려는 마음보다 전부 보여주겠다는 마음으로 임하면 한결 편안해진다. 낮은 곳으로 가면 두려울 게 없다. 칭찬받고 싶고 인정받고 싶다는 마음이 가득하니까 타인의 한 마디에 상처를 받는 거다. 아직은 많이 부족합니다, 배우는 중입니다, 그러나 최선을 다하고 있습니다, 이런 마음으로 글을 쓰는데도 지적하는 인간이 있다면 그건 내 문제가 아니다. 동네 개 짖는 소리 일일이 다 신경 쓰면서 어찌 살아가겠는가.

두 번째로, 세상 사람들은 뭐 그다지 글을 잘 쓰지 못한다는 사실을 알아야 한다. '내 글'을 읽고 지적할 정도라면 꽤 잘 쓴다는 뜻인데, 그런 사람 흔치 않다. 행여 글 잘 쓰는 사람이 내 글을 읽게 된다 하더라도, 글 잘 쓰는 사람은 함부로 '지적질' 따위 하지 않는다는 사실 잊지 말았으면 좋겠다. 글을 쓴다는 것은 삶을 쓴다는 뜻이다. 자신이 살아온 이야기, 경험 등을 바탕으로 이야기를 서술한다. 소설을 쓰는 사람조차도 자신이 겪은 일을 기본으로 삼는다. 남의 글에 손가락질을 한다는 말은 남의 삶에 손가락질을 하는 것이나 다름없다. 우리 중 누가 과연 타인의 삶에 함부로 손가락질을 할 수 있을까.

마지막으로, 글을 쓰는 이유는 평가 받기 위함이 아니라 채우기 위함이란 사실을 명심해야 한다. 유치원에 다닐 적부터 발표와 테스트와 시험이라는 제도에 둘러싸인다. 그러다보니 무슨 일이든 '잘 해야 한다'는 강박에 휩싸이게 된 거다. 글 쓰지 않고도 잘 살 수 있다. 잘 살아왔다. 수십 년 멀쩡하게 잘 살다가 갑자기 글쓰기에 목숨 걸 필요가 뭐 있겠는가. 별것도 아니고 대수롭지도 않게 여겼던 내 삶의 조각 하나하나에 의미와 가치를 부여하는 과정이다. 그렇게 쓴 '의미와 가치'를 독자들에게 전함으로써, 우리 삶의 모든 순간이 소중하다는 사실을 세상에 알리는 것. 이것이 바로 작가의 본질이자 글을 쓰는 의미다. '좋아요' 개수와 쓰는 행복은 비례하지 않는다.

"그래도 이왕이면 베스트셀러가 되는 게 좋지 않나요? 세상이 그렇잖아요."

언젠가 내 블로그에 이런 댓글이 달렸다. 혹시 자녀가 있냐고 물어봤다. 자녀는 학교에서 전교 1등 하냐고. 전교 1등도 못하는데 무려 12년씩이나 학교 보내는 이유가 뭐냐고. 베스트가 되지 못할 거면 아예 공부를 접는 게 낫지 않겠냐고.

질문을 남긴 사람은 자신의 인생에서 '베스트셀러'가 되기 위해 무슨 노력을 얼마나 하고 있는지 궁금하다. 다른 모든 일은 물 흘러가듯 정상적으로 하고 살면서, 왜 집필에 관한 이야기만 나오면 베스트셀러를 운운하는지 이해할 수가 없다.

정말로 베스트셀러를 중요하게 여긴다면, 적어도 매일 글을 쓰고 책 읽으며 공부하고 훈련해야 하는 것 아닌가? 나한테 베스트셀러에 관해 물어본 사람 치고 꾸준히 글 쓰는 사람 본 적이 없다. 머릿속으로 망상만 하는 거다. 노력은 않고 보상만 크게 바라는, 신이 있다면 꿀밤을 쥐어박을 심보다.

자신이 쓴 글에 대해 남들이 수군거릴까 두려워하는 사람은, 아마도 과거 비슷한 경험을 가지고 있을 가능성이 크다. 작은 실수로 망신을 당했거나, 친구들로부터 놀림을 받았거나, 딱히 그럴 만한 이유도 없이 따돌림을 받았거나. 이런 경우에는 트라우마를 벗어나는 게 먼저다.

상처와 아픔을 가진 사람은 과거 때문에 고통 받을 게 아니라 스스로 승리자임을 선언해야 한다. 고난과 시련을 겪으면서도 지금 여기까지 잘 살아오지 않았는가. 다른 사람 같았으면 결코 견뎌내지 못했을 그 힘들고 어려운 시기 참아내면서, 오늘 지금 여기, 멋지게 서 있지 않은가!

남은 삶에서 그보다 더한 역경을 만난다 하더라도, 우리는 또 견뎌
내고 이겨내고 살아갈 것이다. 근거가 확실하니까. 충분한 경험 있으
니까. '내'가 기적이고, '내'가 사랑이다. 이제는 이 멋진 나의 이야기를
정리해서 힘들어하고 있는 사람들 도와주자. 나도 해냈으니까 당신도
해낼 수 있을 거라고. 수치와 모멸을 당한 사람은 수치와 모멸을 당한
다른 누군가를 도울 수 있고, 실수와 실패 경험한 사람은 실수와 실패
경험한 다른 사람을 도울 수 있다. 내게 일어난 모든 사건과 순간들은
세상과 타인을 도울 수 있는 이야기일 뿐, 슬픔도 아니고 아픔도 아니
다. 그게 글쓰기다.

20

너 안 바쁘냐?

아침 8시 40분. 아버지를 모시고 집을 나섰다. 어제 점심을 먹으면서 왼쪽 사타구니가 아프다며 얼굴을 찌푸리셨다. 3개월쯤 됐다고 한다. 별일 아닐 거라 짐작했지만, 병원 가서 엑스레이라도 찍고 원인과 처방에 관해 설명 들으면 마음이라도 편안해질 거라 생각했다.

월요일이다. 9시에 병원 문 여니까, 일찍 서둘러 가면 금방 진료 받고 나올 수 있을 거다. 일전에 엉덩이뼈 다쳤을 때 모시고 갔던 '척척 병원'에 갔다. 아버지 증상을 설명했더니 비뇨기과로 가야 할 것 같은데 여기는 비뇨기과가 없다며 다른 곳으로 가라고, 접수처 간호사가 설명해준다. 인근에 있는 보건대 병원으로 다시 들렀다. 똑같은 답변이었다. 미리 자세히 알아보지 않은 나의 잘못이다. 칠곡 경북 대학 병원으로 차를 몰았다.

"대학 병원은 아프다고 그냥 와서 진료 받을 수 있는 곳이 아닙니다. 개인 병원에서 의뢰서를 받아오셔야 진료 받으실 수 있습니다."

환장하겠다. 이른 아침에 출발해서 한 시간 동안 병원 세 곳을 돌며 허탕만 치고 있었다.

"안 바쁘냐?"

통증이 심하실 텐데, 빨리 진료를 받지 못한 마음 더 답답하실 텐데. 아버지는 내게 바쁘지 않냐 물어보신다.

개인 병원으로 향했다. 지하철 역 인근에 번듯하게 내 건 간판을 본 기억이 났다. 다행히 환자가 많지 않았다. 접수를 마치고, 불과 1분 만에 의사를 만났다. 삼십 대 후반으로 보이는 남자 의사는 피곤해 보였다. 어제 늦게까지 술을 마신 건가. 의사에 대한 불신을 안은 채, 일단은 정밀 검사를 해보기로 했다. 피를 뽑고, 소변을 보고, 초음파 검사까지. 검사 시간은 20분도 걸리지 않았다. 결과를 기다리는 데에는 한 시간이 넘게 걸렸다. 아버지와 나는 대기실에 앉아 멍하니 기다렸다.

"안 바쁘냐?"

아프다고 하셔도 됩니다. 왜 이리 오래 걸리는 거냐고, 빨리 좀 했으면 좋겠다고, 저한테 불평하고 칭얼거리셔도 됩니다. 목에 걸린 말은 끝내 꺼내지 못했다.

고등학교 2학년인 아들한테, 나는 지금껏 힘들다는 말을 한 적이 없다. 몸이 고되고 마음이 아플 때에도, 아들 앞에서는 늘 괜찮은 표정을 지었고 환하게 웃었다. 아빠는 여기 잘 있으니, 내 걱정 조금도 하지 말고 너의 길을 가라. 한결같은 마음이었다. 어쩌면 앞으로도 영원히 아들은 아빠의 눈물과 한숨을 보지 못할지도 모른다.

당신 몸이 아파서 병원을 찾았으면서도 시종일관 자식을 염려하는 말만 하신다. 그 마음 잘 알기에 내 마음이 편치 않다.

"서울에 있는 네 누나도 형편이 여의치 않은가 보더라. 힘들 거다. 세상살이가 참 만만치 않다. 네 매형이 어떻게든 잘 풀어갈 거야."

전생에 죄를 많이 지어 부모가 된다 했던가. 병원 대기실에 앉아 '환자'가 '보호자' 걱정을 하고 있다. 여든을 넘기셨다. 하지 말라고 해도 하실 테고, 하라고 해도 하지 않으실 터다. 80년 인생 살아온 생각과 말과 행동이 쉽게 바뀔 리 없다. 아버지를 있는 그대로 보고 느끼기로 했다. 아버지는 매일 등산을 하신다. 아버지는 공원에 나가 바둑을 두신다. 아버지는 마을 순찰 도우미로 활동하신다. 아버지는 친구를 좋아하고, 아버지는 정리와 청소에 서툴고, 아버지는 자존심이 센 분이다. 그리고 아버지는, 자식 걱정에 잠시도 마음을 놓지 못하는 분이다.

나는 그런 아버지를 태산처럼 여기고 기대며 살아왔다. 나이 오십을 바라보는 지금, 이제는 아버지 어깨를 가볍게 해드려야 하는 나이인데도, 여전히 심려를 끼쳐드리고 있다. 하나도 바쁘지 않은데, 오늘은 급한 일이 전혀 없는데, 나는 아버지께 하나도 바쁘지 않다는 말씀을 끝내 드리지 않았다.

"가벼운 염증입니다. 그냥 두면 계속 통증이 심해질 겁니다. 2주치 약 처방해드릴 테니까 우선 드셔보고, 2주 후에 다시 뵙고 상태를 지켜보겠습니다."

"혹시, 완치가 가능한가요?"

"그럼요. 연세 있으셔서 젊은 사람들보다야 조금 오래 걸리겠지만, 염증은 깨끗하게 나을 수 있습니다."

1층 약국에 들러 2주치 약을 탔다. 집으로 돌아오는 길, 백미러에 비친 아버지 표정은 한결 가벼웠다. 앞으로 계속 통증을 안고 살아야 할지도 모른다는 불길함이 사라졌다. 병원에 다녀가길 잘했다.

집으로 돌아와 라면으로 점심을 때웠다. 불과 한 시간 전까지만 해도 미간에 주름이 졌던 아버지는, 라면을 후루룩 잘도 드신다. 내 마음도 함께 편안해진다.

"약, 꼭 챙겨 드세요. 아침저녁으로 식후에 먹으라 하니까, 아예 식탁 옆에 약봉지를 두는 게 좋겠네요. 약 먹으면 조금 어지러울 수 있다고 했지요. 심하면 약을 바꿔야 한다니까, 혹시 어지러운 증상 있는지 잘 느껴보시고요."

"그래그래. 내가 알아서 잘 챙겨 먹으마. 그런데, 너 안 바쁘냐?"

21

에픽테토스처럼

노예였다. 그래서 에픽테토스라는 이름으로 불려졌다. (에픽테토스는 그리스어로 '구매된 것'을 뜻한다.) 스토아학파 대표 철학자다. 내가 좋아하는 실용적인 철학자이기도 하다. 세상에는 내가 통제할 수 있는 일이 있고 통제할 수 없는 일이 있다. 판단, 의견, 목표, 가치관 그리고 어떤 행동을 하거나 하지 않겠다는 결심 등은 오롯이 내 뜻대로 할 수 있다. 반면, 건강, 인간관계, 경력, 평판, 재산 등은 항상 내 뜻대로만 되는 일이 아니다.

스토아학파 관련 책을 처음 읽었을 때, 이해하기 힘든 부분이었다. 운동 열심히 하면 건강할 테고, 배려와 사랑 베풀면 인간관계 좋아질 테고, 일 열심히 하면서 성실하게 노력하면 경력도 평판도 재산도 모두 좋아지는 것 아닌가. 이 모든 것들이 나의 통제권에서 벗어나 있다고 하니, 그렇다면 아무 노력도 하지 말고 그냥 운명에 맡기라는 뜻인가.

에픽테토스가 말한 '통제의 이분법'은 주로 궁수의 이야기로 비유하며 설명하는데, 이 내용을 유심히 읽다보면 조금은 이해가 될 만하다.

궁수의 목적은 화살을 과녁에 정확히 명중시키는 것이다. 그러나, 화살이 시위를 떠나고 나면 갑자기 돌풍이 불거나 예기치 않게 과녁이 넘어질 수도 있다. 활과 화살을 고르고, 관리하고, 화살 쏘는 연습을 하고, 시위를 당기고 놓는 시기를 선택하고…… 이러한 판단과 선택과 노력은 명백히 궁수의 손에 달려 있다. 따라서, 궁수가 해야 할 일은 화살이 과녁에 정확히 명중하기를 바랄 게 아니라 매 순간 최선을 다해 화살을 쏘는 것이다.

건강하고 멋진 몸매를 바라기보다 매일 꾸준히 운동을 해야 하고, 좋은 대학에 가기를 원하기보다 매일 열심히 공부를 해야 하며, 부자가 되기를 꿈꾸기보다 고민하고 연구하고 실천하기를 반복해야 한다. 결과는 늘 예측 불가하다. 노력하면 이루어진다는 달콤한 말에 귀가 솔깃하지만, 엄밀하게 따지면 모든 일의 최종 결과는 '뜻대로 되지 않는다'는 말이 훨씬 설득력 있다.

나의 통제권을 벗어난 결과를 기대하면 실망과 좌절을 피할 수 없다. 그와 달리, 내가 통제할 수 있는 판단과 선택과 노력에 집중하면 그 자체만으로 평정심을 가질 수 있다. 훈련과 반복은 내가 결정하고 통제할 수 있다. 결과는 항상 미지수다. 그래서 결과에 집착하는 사람은 불행하게 마련이고, 할 수 있는 일을 찾아 최선을 다하는 사람은 살맛을 느끼는 거다.

책쓰기 수업에 참여하면서 '결과'에 대해 묻는 사람이 많다. "베스트셀러 작가 될 수 있나요? 작가 되려면 얼마나 걸리나요? 보통 몇 권이나 팔리나요? 책 쓰면 성공할 수 있나요?"

결과 지향적 질문에는 나도 명확한 대답을 할 수가 없다. "베스트셀러 될 수도 있고 안 될 수도 있습니다. 작가마다 쓰는 시기가 다릅니다. 작가마다 팔리는 권수가 다릅니다. 성공할 수도 있고 못할 수도 있습니다."

문제는, 결과에 무게를 두고 질문하는 사람치고 꾸준히 글 쓰는 사람 없다는 것. 지난 5년 동안 예외가 없었다. '간절히 바란다'는 그럴 듯한 말로 자신을 속이고 실천은 하나도 하지 않는 사람이 셀 수 없이 많다는 사실에, 감옥까지 다녀오며 인생 뒤집혔던 것이 차라리 다행이었구나 안도의 한숨마저 내쉬곤 한다. 생각과 태도 뜯어고치지 않으면 인생 결코 바뀌지 않는다. 반짝 성공에 눈 먼 사람이나 아예 성공 근처에 얼씬도 못하는 사람들을 알아보는 눈이 생겼다. 글 써보면 안다. 쓰고 싶다고, 출간하고 싶다고 말하면서도 쓰지 않는다. 이보다 더 확실한 욕심과 허영이 또 어디 있겠는가.

프로필 사진을 찍고 싶다는 생각이 들었다. 배는 볼록 나오고 근육이라곤 하나도 없어서 제대로 몸을 만들어야겠다는 각오로 헬스장을 찾아 개인 트레이너까지 섭외했다. 첫째 날, 트레이너에게 물었다.

"몸 만들려면 얼마나 걸려요?"

내가 가장 듣기 싫어하던 질문이 내 입에서 나왔다. 아령을 들고 스쿼트를 하고 러닝머신을 뛰는 일. 나의 통제권에 속하는 연습과 훈련에 충실하지 못하고, 언제든 달라질 수 있는 '결과'에 마음을 두었다. 한 달 만에 그만두었다.

야식을 즐기는 편이다. 건강에도 좋지 않고, 배도 점점 나오는데, 도무지 끊어내질 못하고 있다. 밤 열한 시쯤 되면 슬슬 반응이 온다. 얼큰한 라면이나 바삭한 치킨이 땡긴다. 가만히 공부 잘하고 있는 아들한테 툭 던진다. 뭐 좀 먹을까? 아들의 반응은 신속하고 정확하다. 아빠 말을 이렇게 잘 듣는 아들이었던가. 늦은 시간에 뭘 그리 먹느냐고, 아내는 늘 딴죽을 걸지만, 막상 음식을 사가지고 와서 차려놓으면 맛있게 잘도 먹는다. 화목한 가정을 지키기 위해 나는 꾸준히 야식을 먹는다라고, 말도 안 되는 헛소리를 늘어놓는다.

에픽테토스는 멈추라고 했다. 무슨 일이든 즉흥적으로 결정하고 판단하지 말고, 잠시 멈춰 스스로에게 질문을 던져야 한다고. 야식을 먹고 싶은 마음은 알겠어. 그런데, 이렇게 먹고 싶을 때마다 야식을 먹으면 어떤 일이 일어날까? 위장은 상하고 얼굴은 푸석해지겠지. 뱃살도 늘어나고 소화기능이 약해져 점점 건강이 나빠질 거야. 먹고 싶은 마음 간절하지만, 오늘 하루만 참아볼까?

118

인생은 생각보다 단순하다. 조금만 천천히, 멈추고 생각하는 시간을 가질 필요가 있다. 결과에만 연연하며 연습과 훈련을 게을리 하고, 그래서 결과가 좋지 않으면 실망하고 좌절한다. 악순환이 반복되면 도대체 내 인생은 왜 이리 꼬이는 거냐고 외부를 향해 평계와 변명을 던진다.

다가올 미래는 누구도 장담할 수 없다. 우리가 할 수 있는 일은, 지금 어떻게 생각하고 판단하고 선택할 것인지. 무엇에 집중하고 연습하고 훈련할 것인지. 오직 그것뿐이다. 장밋빛 내일을 그려보는 달콤함도 꽤 매력 있지만, 그냥 오늘을 내 손으로 만들며 행복을 누리는 것이 훨씬 지혜로운 삶의 태도 아니겠는가.

인생은, 숫자 6이 나오기를 간절히 바라는 마음이 아니라, 어떤 숫자가 나오든 상관없이 다시 주사위를 던지는 태도라고. 어디선가 읽은 기억이 난다.

chapter 3

눈물 한 줄,
행복 한 줄

22

화장실 이야기

　어떤 소재도 글로 쓸 수 있다는 내용의 강의를 하다가 문득 화장실
이 떠올랐다. 과연 화장실도 글감이 될 수 있는지 직접 실험을 해보기
로 했다.

　우선, 나는 화장실에서 무엇을 하는지부터 적어보았다. 크고 작은
볼 일을 본다. 볼 일을 보는 중에 스마트폰이나 책을 읽기도 한다. 샤
워를 한다. 세수를 한다. 손을 씻는다. 면도를 한다. 목욕도 한다. 휴지
가 떨어지면 교체하기도 하고, 물이 새는 소리가 들리면 수리도 직접
한다. 냄새가 나면 청소도 하고, 하수구에 '뚫어뻥'을 붓고 소독도 한
다. 거울을 보며 젤을 바르고 스프레이를 뿌린다. 전등이 깜빡이면 교
체하고, 천정에 달린 환풍기를 수리하기도 한다. 생각나는 대로 적었
는데 무려 열네 가지다. 더 있을지도 모르겠다.

대부분 사람들이 민망해하는 똥 싸는 얘기부터 좀 해야겠다. 똥을 똥이라고 쓸 수 있는 유일한 직업이 작가다. TV나 언론에서는 똥을 똥이라고 표현하지 못한다. 글씨를 가리거나, 영어로 Dong이라고 쓰거나, 그림으로 그리거나, 냄새를 연기로 덧칠하거나, 아주 별 방법을 다 쓰며 똥을 가린다. 아버지를 아버지라 부르지 못하니 이 얼마나 답답한 노릇인가. 작가는 다르다. 똥이라고 써도 된다. 지금 이 글을 읽는 독자 중에는 인상을 쓰거나 손으로 코를 막는 사람도 있을지 모르겠다. 잊지 말아야 할 것은, 지금도 우리 뱃속에는 뜨끈한 김을 모락모락 피우는 똥이 가득 차 있다는 사실. 겉으로야 제법 멋을 내고 다닐지 모르겠지만 똥덩어리 품지 않고 살아가는 사람 누가 있으랴. 당당하게 살아야지. "내 안에 똥 있다!"

맨 처음 글을 쓰고 책을 내려 했을 때, 주변 사람들이 말렸다. 굳이 그런 사적인 얘기를 세상 사람들한테 전해야겠니?

쓰면서 알았다. 배설이 먼저라는 것. 내 안에 가득 찬 분노와 후회와 슬픔을 모조리 쏟아붓고 나서야 지금 내가 어떤 곳에 서 있는지 분명히 볼 수 있었다. 마치 술에 잔뜩 취해 있다가 조금씩 정신이 드는 사람처럼.

내가 쓰는 글이 세상 사람들한테는 아무런 의미가 없을지도 모른다는 생각이 자꾸만 손을 멈칫하게 만들었다. 그러나 더 중요한 것은, 내 감정과 느낌을 분명하고 솔직하게 바라볼 수 있어야만 타인의 삶도 이해할 수 있을 거라는 믿음이었다. 비우지 않으면 채울 수 없다. 나는 매일 글을 썼고, 평가하려는 원숭이를 외면했으며, 오직 비우는 것에만 집중했다. 지금도 강의를 할 때마다 강조한다. 자신의 안에 묻어두었던 경험과 느낌과 감정을 끄집어내는 것이 먼저라고.

때로 그것이 마땅치 못하다며 차라리 소설을 쓰겠다는 사람도 있다. 알아야 한다. 허구의 이야기를 쓸 때에도 자신의 경험과 감정을 외면할 수 없다는 사실을. 인간의 상상력은 경험 내에서만 이루어진다는 아이러니를 인정할 수밖에 없다.

쏟아내는 과정이 쉽지만은 않다. 그러나 좋은 점도 분명하다. 우선 마음이 가벼워진다. 묻어두고 감춰두고 모른 척할 때보다 훨씬 당당해진다. 나는 이런 사람이야! 인정하고 받아들이면 두려움이 사라진다. 다른 사람들이 내 과거를 알게 될까 불안해할 일도 없다. 아울러 공감과 소통도 수월해진다. 내가 먼저 마음을 열었기 때문에 상대도 자신의 이야기를 편하게 한다. 서로 이해하고 위로하고 격려한다. 공감과 소통은 먼저 자신 안에 가득 찬 이야기보따리를 풀어야만 가능해진다.

배설은 늘 시원함과 연결된다. 치유라는 말이 일상적으로 널리 쓰이게 됐지만, 겉으로만 치유가 된 것처럼 착각을 하거나 아예 치유의 본질조차 모르는 사람이 많은 듯하다. 옆구리를 쿡 찌르기만 해도 금방 눈물을 쏟아내는 사람이 모든 것을 치유한 것처럼 떠들고 다니는 것도 이해하기 힘든 일이다. 치유가 되지 않았다 해도 문제될 것이 없다. 여전히 힘들고 눈물이 난다고 있는 그대로 말해도 될 텐데, 왜 자꾸만 다 극복하고 넘어서고 치유되었다고 얘기하고 싶어 하는 걸까. 그만큼 우리는 다른 사람한테 보이는 모습을 중요하게 여기고 살아가는 것이다. 똥을 뱃속 가득 채우고 있으면서도, 그래서 방귀가 피식피식 새어나오면서도, 아무런 문제가 없다는 듯 태연한 모습으로 일상을 살아가는 것과 다를 바가 하나도 없다.

화장실에서 똥 싸는 이야기로 시작해서 글쓰기와 공감과 소통까지 이어졌다. 화장실에서 스마트폰과 책 읽는 이야기로 시작해서 독서의 중요성이나 즐거움을 얘기할 수도 있겠다. 면도와 나를 가꾸는 행위를 연결해도 좋은 글이 될 것 같고, 몸을 씻는 일을 삶을 깨끗하게 살아가는 철학에 비유해도 썩 괜찮은 글을 쓸 수 있을 것 같다.

글쓰기는 연결이다. 어떤 소재로 글을 쓸 것인가 고민하기보다는 어떤 식으로 연결할까 생각하는 것이 훨씬 경제적이다. 하늘 아래 새로운 것은 없다고 했다. 이미 존재하는 수많은 사물과 사람과 사건 중에서 두 가지만 연결하면 글이 된다. 이왕이면 맥락 없는 듯 보이는 것끼리 연결하는 연습이 더 매력적인 글을 쓰는 방법이라고. 굳이 덧붙이자면 이 정도 되겠다.

자주 하는 얘기지만, 글을 쓰는 것은 좋은 일이다. 나의 경험과 생각을 바탕으로 타인과 세상을 돕는 일. 이 좋은 일하면서 우리는 스스로를 괴롭히는 경향이 있다. 쓰지 않아도 된다. 쓰지 않는 자신조차 사랑할 수 있어야 한다. 글쓰기보다 내가 더 중요하다. 나를 아끼고 사랑하는 마음이 충만하면 글은 저절로 써진다.

똥 싸는 것 가지고도 한 편의 글을 썼다. 쓰지 못할 게 뭐 있겠는가.

23

볼록한 배, 인생철학

배가 나왔다. 막노동판에서 일할 때는 배가 쏙 들어갔었다. 모래와 벽돌과 시멘트를 매일 짊어지고 나르니까 배가 나올 틈이 없었던 거다.

"아빠, 요즘 무슨 운동해?"

배드민턴을 치다가 잠시 앉아 쉬는데 아들이 물었다. 오래 전, 둘이서 무슨 운동이라도 할라치면, 늘 내가 먼저 지쳐 힘든 기색을 보였었다. 그런데, 막노동을 하던 때는 체력이 빵빵하게 늘어나서 웬만큼 땀을 흘려도 지치지 않았다. 그런 나를 보며 아들은 궁금해 했다.

응, 아빠가 요즘 노가다 해서 체력이 좋아……라고, 차마 말할 수 없었다. 그때만 해도 아들은 내가 막노동을 하고 있다는 사실을 몰랐다. 막노동이 뭔지도 몰랐을 거다.

얼마 전, 사무실을 이사하면서 책 몇 권을 들고 나른 적 있다. 새로 마련한 사무실은 빌라 3층이었다. 엘리베이터가 없다. 책을 들고 3층까지 옮기고, 다시 내려와 또 책을 날랐다. 세 번쯤 했을까. 숨이 차고 다리가 후들거렸다. 예전 막노동 할 때만 해도 이 정도는 일도 아니었는데. 최근 몇 년 사이 운동이라고는 하지 않았고, 맨날 책상 앞에 앉아 글 쓰고 강의 준비만 했다. 나이를 먹어 다리는 나무젓가락처럼 홀쭉해졌고, 뱃살은 점점 늘어 남산만 해졌다. 영화 배트맨에 나오는 악당 펭귄처럼, 내 모습은 영 볼품이 없어졌다.

"아무리 써도 문장력이 나아지지 않아요."

어느 수강생이 전화로 하소연한다. 네이버 카페에 접속해 그가 쓴 글을 읽어보았다. 읽을 것도 별로 없었다. 글을 세 번 올렸고, 각각 한 페이지도 채우지 못했다. 그러니까, 그가 말하는 '아무리 써도'라는 말은 '세 번 써도'라는 뜻이었다.

고작 세 번 쓰고 문장력 나아지면 세상에 글 못 쓰는 사람 없겠다, 쥐어박는 소리를 하려다가 상처 입을까 봐 입을 다물었다. 대신 에둘러 표현했다.

"글이라는 게 빠른 시간에 나아지지는 않습니다. 꾸준히 오래 써야 합니다. 강의도 듣고 문장수업에도 열심히 참여하면서 매일 조금씩 연습하시면 점점 나아질 겁니다."

잘 쓰고 싶다면 노력을 해야 한다. 그 노력이란 게 결코 쉽지 않다. 우선, 매일 써야 한다. 잘 쓰든 못 쓰든 물리적으로 쓰는 양이 많아야 글이 나아질 가능성이 생긴다. 많은 사람들이 '잘 쓰는 방법'부터 배우면 글이 좋아질 거라는 착각을 하고 있는데, 그런 게 있었다면 글쓰기 어렵다는 말이 나올 리 없지 않은가.

다음으로, 문장을 쓰는 기본에 대해 공부해야 한다. 문법도 알아야 하고, 문장을 짧게 쓰는 요령도 익혀야 하고, 무엇보다 전하고자 하는 메시지와 이를 뒷받침하는 내용들을 어떻게 구성해야 하는지도 학습해야 한다.

아울러, 독자의 고민과 문제에 대해 연구하는 시간도 가져야 한다. 작가 입장에서 하고 싶은 말만 늘어놓아서는 공감 받는 글을 쓸 수 없다. 사람들이 무엇에 대해 답답해하는지, 어떤 부분을 어려워하는지, 필요한 조언은 무엇인지, 늘 관심을 갖고 살펴야 한다. 그러한 독자의 니즈에 부합하는 나의 경험과 지식이 있는지 찾아서 진심을 담아 써야 한다.

누구나 쓸 수 있다고 강의하지만, 아무런 노력 없이 쉽게 쓸 수 있다고 말한 적은 한 번도 없다. 글을 제법 쓸 수 있기까지 나 또한 숱한 세월 습작하고 훈련했다. 그럼에도 아직 '잘 쓴다'는 말 앞에서 고개가 숙여진다. 하물며, 이제 막 쓰기 시작한 사람이 베스트셀러를 운운해서야 되겠는가. 무슨 일이든 충분한 시간을 들여 연습과 훈련을 반복해야만 그럴 듯한 모양새를 갖추게 된다는 이 명백한 사실을, 단순한 요령과 비법으로 질러갈 수 있다고 착각하는 일은 없어야 하겠다.

뱃살을 빼기 위해 헬스클럽에 다닌 적 있다. 첫날, 트레이너의 조언과 도움으로 다리 운동부터 시작했다. 40분 근육 운동을 하고, 30분 러닝머신을 뛰었다. 샤워를 하고 옷을 갈아입는데 허벅지가 뻐근했다. 다음날, 아침에 일어날 때부터 온몸이 아팠다. 트럭에 부딪친 것 같았다. 억지로 몸을 움직여 헬스클럽에 다시 갔다. 트레이너는 원래 그런 거라며 며칠 운동하면 나아질 거라고 별것 아닌 듯 말했다. 이틀째에는 팔과 어깨 운동을 했다. 다리 운동을 마쳤을 때에는 다리를 못 쓸 것 같았고, 팔과 어깨 운동을 마치고 나니 팔과 어깨를 못 쓸 것 같았다. 이러다가 아예 쓰러지는 건 아닌지. 뱃살 빼려고 헬스클럽 갔는데, 몸은 점점 마비가 되는 듯했다.

일주일쯤 운동을 계속하자 훨씬 부드러워졌다. 다리와 팔에 근육이 조금씩 붙는 듯했다. 트레이너에게 자신감 넘치는 말을 건넸다. 이제 해볼 만합니다!

"저기, 이은대 회원님. 제가 몸 만들려고 7년 운동했습니다. 아직도 기구를 들고 나면 몸이 뻐근해요. 고작 일주일 운동하셨는데요. 아직은 근육 붙지 않습니다. 먼저 근육이 손실되고, 다시 회복되는 과정에서 단백질 보충하면 서서히 근육이 불어날 겁니다. 마음 여유를 갖고 운동하셔야 합니다."

책쓰기 수업을 진행하면서 내가 늘 수강생들한테 했던 말을 트레이너로부터 듣게 되었다. 얼굴이 뜨거워졌다. 나는 왜 이렇게 조급한 것일까. 무슨 일이든 시간이 걸린다. 어떤 일이든 훈련과 반복이 필요하다. 꾸준함이야말로 성과의 핵심인 것을.

배에 힘을 좀 키워야겠다며 코어를 비롯한 뱃살 운동을 했다. 죽는 줄 알았다. 아마도 트레이너가 맛 좀 봐라 작심한 듯했다.

러닝머신을 뛰면서 생각했다. 근사한 몸을 만드는 것이 목표가 아니라, 매일 운동하는 것이 목표다. 결과에 연연하지 말고 과정에 충실해야 한다. 이마에서 땀이 흐른다. 몸에서는 열이 난다. 지름길은 없다. 설령 그런 게 있다 하더라도, 나는 기꺼이 둘러가는 길을 선택한다. 결과에 대한 기대와 조급함은 사람을 지치게 만든다. 천천히, 그러나 매일 꾸준히. 못할 일이 뭐 있겠는가.

24

추락하는 것은 날개의 유무와 상관없다

다섯 살 때 즈음인가. 대구 효목동에 살았었다. 지금 살고 있는 아파트로 부모님이 이사하기 전까지. 나는 그 주택에서 유치원과 초등학교를 비롯해서 대학까지 마쳤다. 옥상과 작은 정원까지 달린 집이었다. 대문을 열면 계단을 올라 현관에 이른다. 높은 집이었다. 아래쪽에 두 개의 살림이 따로 있었다. 월세 또는 전세로 사람을 들였고, 그들에 대한 기억도 조각으로 남아 있다. 나는 어렸을 적부터 '내 집'에서 살았다. 금수저까지는 아니었지만 나름 부족함 없이 자랐다.

어린 시절을 유복하게 보냈다는 사실은 내게 장점 하나와 단점 하나를 갖게 했다. 먼저 장점이라고 할 만한 것은, 어딜 가나 자신만만했다는 사실이다. 기죽지 않았다. 나의 의견을 당당하게 말했고, 타인의 지적이나 험담에 흔들리지 않았다. 학창 시절 친구 관계도 원만했고, 군대와 사회생활 초년기에도 이런 성격 덕분에 쉽게 인정받을 수 있었다.

단점을 말하자니 한숨부터 나온다. 나는 위기에 약했다. 위기에 처한 후 처음으로 깨달았다. 아! 나는 위기를 극복할 만한 정신력이 없는 사람이구나. 호기롭게 시작한 사업이 6개월 만에 내려앉았고, 손쉬운 해결 방법을 모색하며 돈만 빌렸다. 문제를 정확히 짚고 대안을 마련하고 '고생'을 해야 했다. 고생한 적 없으니 상황을 받아들이기 힘들었고, 하루하루 밑 빠진 독에 물만 붓다가 결국 추락하고 말았다.

역경을 딛고 올라선 사람은 추락할 리도 없지만, 설령 추락한다 하더라도 반드시 일어설 수 있다. 그러나, 아무 어려움 없이 위쪽에 선 사람은 예외 없이 떨어지게 마련이다. 누군가 나한테 언제 어른이 되었냐고 물은 적이 있다. 출소하고 나서 막노동판 전전하며 갖은 고생 다 하면서. 나는 그때에야 비로소 어른이 될 수 있었다. 어른이라는 말의 정의를 나름대로 정리해본다.

"어른이란, 자신이 하는 말과 행동에 책임을 질 줄 아는 사람이다. 어른이란, 자신이 처한 환경과 상황을 똑바로 마주할 줄 아는 사람이다. 어른이란, 피하지 않고 맞서는 사람이다. 어른이란, 두 발을 땅에 딛고 서 있는 사람이다. 어른이란, 머리 굴려가며 계산하지 않고 묵묵히 주어진 일에 최선을 다하는 사람이다. 어른이란, 지름길보다 정도를, 기꺼이 택하는 사람이다."

모든 것을 잃고 나락으로 떨어졌을 때, 주머니에는 한 푼도 없었다. 일당으로 받은 9만 원으로 가족 생계를 책임져야 했으며, 어린 아들 앞길을 생각하면 눈앞이 캄캄했다. 전세, 월세, 살아본 적 없었던 우리 가족은 졸지에 엄청난 담보가 잡힌 하우스푸어가 되고 말았다. 내 집을 내 집이라 부르지 못했다. 사는 게 사는 게 아니었다.

그때부터 희망이란 말을 싫어하게 됐다. 당장 끼니를 걱정해야 하는데 무슨 염병할 희망. 나는 죽기 살기로 막노동을 했고, 건강은 나빠졌으며, 고질병이었던 피부 만성염증은 최악의 상태가 되어버렸다.

일을 마치고 집에 돌아와 잠자리에 들 때면 늘 같은 생각을 했다. 어쩌면 나는 평생토록 벽돌을 나르며 살아야 할지도 모른다고. 문득 잠에서 깨면 모든 것이 꿈이었구나 기적 같은 일이 벌어지지 않을까 허망한 기대를 품기도 했다. 날개를 달고 살아간다는 생각을 한 번도 한 적 없었는데, 나는 추락하고 말았다. 사실은 내게 주어졌던 과거 모든 삶의 순간들이 축복이었고 행운이었다는 것을, 나는 추락하고 나서야 알 수 있었다.

시원한 물 한 잔이 더없이 소중했다. 따뜻한 커피 한 잔이 추위를 녹여주었다. 바람 한 점, 말 한 마디, 고추장 한 숟갈, 시간의 흐름, 일할 수 있는 날의 기쁨……. 어느 하나 귀하지 않은 게 없었다.

삶을 소중히 여기기 시작하면서 쓰고 싶은 마음도 더해졌다. 책을 출간하고 강의를 시작했다. 내가 겪은 모든 일과 순간의 감정들에 사람들이 관심을 가져주었다. 힘들고 어려운 삶에 동정을 받고 싶은 마음은 추호도 없었다. 다만, 어떤 마음으로 살아야 하는지 조금 알게 된 것을 나누고 싶을 뿐이었다. 그들의 마음이 움직여 함께 글을 쓰게 된다면 바랄 게 없겠다 싶었다.

여러 가지로 다행인 인생이다. 이른 나이에 추락의 경험을 갖게 된 것도 다행이고, 감옥에 가서 삶을 통째로 다시 쓰게 된 것도 다행이고, 가족의 소중함을 뼈저리게 느끼게 된 것도 다행이고, 빗방울 하나 귀하게 여기게 된 것도 다행이고, 아침에 눈을 뜰 때마다 오늘 지금이 가슴 떨리게 행복한 것도 다행이다.

인생에는 비상도 있고 추락도 있다. 날개 여부와 상관없다. 노력의 정도와도 관계없다. 결과는 늘 미지수다. 과정에 의미를 두고 살라는 말이 이래서 나온 거다. 추락을 경험하면 눈에 뵈는 게 없다. 머릿속에 온통 부정적인 생각과 세상을 향한 분노만 가득 찬다. 길은 여기서 갈라진다. 스스로 바닥에 주저앉는 사람이 있고, 손톱 발톱 다 빠져가며 절벽을 기어오르는 사람이 있다. 승리를 쥐는 사람보다 포기하는 사람이 많은 이유는 포기가 쉽기 때문이다. 삶을 놓아버리고 술에 절어 회피하며 살아봤다. 참 쉽더라. 주변 사람도, 세상도, 모두가 나를 포기하고 나니 뭐 딱히 할 일도 없었다. 한 가지 견디기 힘든 게 있었는데, 그것은 살고 싶다는 욕구였다. 나만 빼고 온 세상이 멀쩡하게 돌아가는 것 같았다. 서글펐다. '내'가 불쌍하고 초라하게 여겨져 참을 수가 없었다.

막노동판에서 삽질하며 웃었다. 등이 따끔거려 똑바로 누울 수 없을 때도 웃었다. 앞으로의 삶이 막막할 때도, 병원에 갈 돈이 없었을 때도, 희망 따위 한줌도 보이지 않았을 때도, 나는 미친 듯이 웃었다. 무너진 삶을 다시 일으킬 수 있는 최선의 방법은 한 번 미쳐보는 거였다. 막노동을 하고, 글을 쓰고, 책을 읽고, 강의를 준비했다. 시간 돌려 다시 하라면 자신 없다. 하루 네 시간 잠을 자고 열 시간 육체노동을 하였다. 추락에 대한 다양한 명언과 조언이 넘쳐나지만, 한 가지는 확실하다. 다시 오를 수 있다는 것. 여기에도 예외가 없다.

25

그래서 봄비인가 보다

결국 수술을 받았다. 주사를 맞아도, 약을 먹어도, 침을 맞아도, 아버지 왼쪽 다리는 점점 힘을 잃어갔다. 걷기와 등산을 낙으로 삼고 살았던 아버지한테 다리 통증과 마비는 치명적이었다. 심해지는 통증을 견딜 수 없었던 아버지는 내게 다시 병원에 가보자고 말씀하셨다.

"주사와 약이 효과가 없다면, 남은 것은 수술뿐입니다."

화요일에 병원에 갔고, 수요일에 입원했고, 목요일에 수술했다. 입원 수속을 밟으면서 온갖 검사를 다 했다. 피를 뽑고, 골다공증 검사를 했고, 전신 체열 검사를 했으며, 초음파와 엑스레이까지. 간호사가 아버지 팔뚝에 주삿바늘을 꽂을 때마다 나는 눈을 찡그렸다.

3층으로 올라갔다. 306호. 6인실 한가운데 아버지 침상이 마련되어 있었다. 커튼을 치고 환자복으로 갈아입었다. 아버지는 금세 작아지셨다.

간호사가 왔다. 수술을 앞두고 주의해야 할 사항에 대해 자세히 안내해주었다. 사인을 해달라며 동의서를 내밀었다. 덜컥 겁이 났다. 수술시 발생할 수 있는 위험과 후유증 등에 대한 안내를 읽으며 떨리는 손으로 사인했다. 그리고는 누워 있는 아버지를 향해 말했다.

"다 괜찮대요."

입원실에서 가장 꼴 보기 싫은 풍경은 해질녘이다. 붉은 노을이 창밖을 스치면 갑작스럽게 무거운 쓸쓸함이 몰아닥친다. 그 모습을 아버지가 보는 것이 싫어서 반대 방향으로 돌아눕게 했다. 내일만 지나면, 내일만 지나면 모든 것이 좋아질 거라고. 나는 주문처럼 아버지한테 계속 말하고 있었다.

수술 당일. 아침을 걸렀다. 점심도 드시지 않았다. 수술을 앞두고 속을 비워야 하기도 했지만, 입맛이 없다고도 하셨다. 심경이 복잡한 모양이었다.

"시간 됐습니다. 내려갈게요!"

간호사 세 명이 왔다. 아버지는 이동 침상으로 옮겨 누웠다. 마스크를 쓰고, 머리에는 수술용 모자를 착용했다. 다시는 보고 싶지 않은 모습이었다.

수술실은 2층이었다. 엘리베이트를 타고 간호사들과 함께 내려갔다. 입구에 수술실이라고 커다랗게 적혀 있었다. 보호자는 입원실에 올라가서 기다리라는 간호사 말을 무시하고, 수술실 앞에서 한 발짝도 움직이지 않았다. 의사는 한 시간짜리 수술이라고 했지만, 아버지는 두 시간이 지나서야 밖으로 나오셨다. 다시 3층 입원실로 올라가 원래 침상으로 옮겨졌다. 희미하게 눈을 뜬 아버지가 물었다.

"다 끝난 거냐?"

수면 유도제 때문에 잠들었던 아버지는 영문을 모르겠다는 표정이었다. 잠시 잠들었다 깨니까 수술이 끝나 있었다고.

"예, 아버지. 다 잘 끝났대요. 다행입니다. 좀 쉬세요."

마취가 풀리지 않아 허리 아래쪽으로 감각이 없었다. 아팠던 왼쪽 다리도 마취 때문에 무감각했다. 마치 다 나은 것처럼. 아버지는 잠들었다 깼다 반복했다.

간호사가 쉴 새 없이 오가며 주렁주렁 매달린 링거에 뭔가를 계속 투입했다. 진통제와 항생제였다. 마약성 강력 진통제를 투약한 탓에 아버지는 어지럽고 미슥거린다며 힘들어하셨다. 마취가 풀리자 수술 부위 통증도 함께 시작됐다. 태산 같던 아버지는 수술 한 번에 어린애가 되고 말았다. 수술 끝났으면 아프지 않아야 하는데 도대체 왜 더 심하게 아픈 거냐고. 수술 끝난 지 불과 세 시간도 지나지 않았는데. 생살을 찢어 수술을 했으니 아픈 게 당연한데. 아버지는 수술이 잘못된 게 아니냐며 심란한 표정을 지었다. 나는 그날, 태어나서 괜찮다는 말을 가장 많이 했다.

사흘쯤 지났을 때, 아버지 입에서 처음으로 좀 괜찮다는 말이 나왔다. 내 가슴에 박혔던 커다란 돌덩이가 휙 하고 빠져나가는 느낌이었다. 아버지는 침상에 누운 채 스마트폰을 만지작거렸다. 혈압과 당뇨를 체크하러 온 간호사들과 농담도 주고받았다. 의사가 회진을 오면 환하게 웃으며 감사 인사를 전하셨다.

신통하다 신통하다 어찌 이리 거짓말처럼 나왔을까. 왼쪽 다리와 무릎을 짓누르던 통증과 마비 증상이 사라진 것에 대해 아버지는 속이 시원하다는 듯 중얼거렸다. 수술 부위가 아물 때까지 허리 보호대를 착용해야 한다. 낮은 산에 오르려면 두 달은 지나야 한다. 당분간은 조심조심 다녀야 하고, 무거운 물건 들지 말아야 하고, 운전은 아예 금물이다. 일주일에 두 번 물리치료 받아야 하고, 정기적으로 의사를 만나 경과 점검해야 한다. 이런저런 주의사항이 깨알같이 적힌 안내서를, 퇴원 하루 전날 받았다.

커튼을 치고 환자복을 벗었다. 아버지의 알몸이 드러났다. 팔십 년 세월 견뎌온 아버지 몸은 주름이 졌고 앙상했으며 약해 보였다. 일주일 전 병원에 올 때 입었던 평상복으로 갈아입었다. 초라하고 작았던 아버지는 다시 태산 같은 위엄을 갖추셨다.

1층 원무과에 수납을 하고 병원 밖으로 나왔다. 봄바람이 얼굴을 스쳤다. 벚꽃이 피기 시작할 때 아버지는 입원을 했고, 꽃이 질 때쯤 아버지는 집으로 향했다. 비가 내렸다. 황사를 씻고, 벚꽃나무의 색을 바꾸고, 새로운 날이 시작되었음을 알린다. 아버지 상처가 봄비에 씻긴다. 그래서 봄비인가 보다.

26

뭐 그리 대단할 게 있나

"작가님! 4월에 독서 특강 한 번 해주세요."

S작가로부터 연락이 왔다. 강의 요청은 언제나 기쁘고 설렌다. 네 번째로 출간했던 《강안독서》를 바탕으로, 책 읽는 방법과 독서 습관에 대해 강의해 달라는 내용이었다. 기꺼이 승낙하고 날짜와 시간을 약속했다.

우선 수강생들을 떠올렸다. 책을 읽어야 한다는 사실도 알고, 또 읽고 싶은 마음도 간절하지만 뜻대로 잘 되지 않는 사람들일 터다. 이런 경우 독서의 중요성이나 가치에 대한 설명보다는, 매일 읽을 수 있는 실질적인 팁을 안내하는 것이 낫다. 강의 자료를 준비하면서 나의 독서 역사(?)를 돌이켜보았다.

어릴 적부터 학창시절 거쳐 성인이 될 때까지, 나는 책을 한 권도 읽지 않았다. 과장 표현이 아니라, 정말로 한 권도 읽지 않았다. 사업에 실패하고 감옥에 우두커니 앉아 뭐라도 해볼 요량으로 글을 쓰기 시작했다. 뜻대로 쓰지 못해 안달이 났을 무렵, 책을 많이 읽으면 글을 잘 쓸 수 있다는 말을 듣고 먼지가 뽀얗게 앉은 복도 책장에서 책을 꺼내 읽기 시작했다.

결론은, 책만 많이 읽는다고 해서 해결되는 문제는 하나도 없다는 거였다. 글쓰기도 예외는 아니었다. 삶이 달라지기는커녕 점점 더 답답해지기만 했다. 어쩐지 책에서 읽은 내용은 전부 거짓말 같았다. 고난과 시련이 독서를 통해 사라진다?, 생각을 바꾸면 인생이 달라진다?, 책을 읽으면 근심과 걱정이 사라진다? 개 똥 같은 소리였다. 삶은 여전히 바닥이었고, 걱정은 점점 더 커지기만 했으며, 내 인생 쓰나미는 좀체 사라질 기미조차 보이지 않았다. 우리나라 작가는 그렇다 치더라도, 세계적인 거장들조차 어찌 이리 한 목소리로 거짓말을 하는 걸까. 읽으면 읽을수록 마음 속 분노만 커져 갔다.

두 달쯤 되었을까. 꽤 많은 책을 읽었다. 손에 잡히는 대로 읽었기 때문에 분야도 다양했고, 작가와 주제도 여러 가지였다. 책에 대한 반감이 컸기 때문에, 집중해서 읽었다기보다는 툴툴거리며 책 읽는 시늉만 했다는 말이 더 맞겠다.

'읽는 척' 했던 것이 내 독서 성공의 비법이다. 책을 대단하게 여기지 않았던 마음이 독서 습관을 갖는 데 큰 도움이 되었다. 혼잡하고 아팠던 시절, 무슨 집중을 할 수 있었겠는가. 나는 그저 딱히 할 일이 없어 책을 손에 잡았던 것뿐이다. 책상도 의자도 없이, 두 손을 책을 부여잡고 때로 옛 선비처럼 몸을 흔들어가며 소일거리로 읽은 책. 별것 아니라 여긴 덕분에 매일 책을 읽을 수 있었고, 지금까지 9년이 넘는 시간 동안 단 하루도 책을 손에서 놓아본 적 없다. 책을 읽으면 뭐가 좋으냐는 질문에 군이 답변할 필요가 없게 되었다. 앞날이 캄캄했던 내가, 막노동판에서 일당 9만 원 받으며 간신히 살았던 내가, 웬만한 직장인 일 년 치 연봉을 세금으로 내며 당당히 살아가고 있다. 이 정도면 독서의 가치를 충분히 설명하고도 남음이 있지 않은가.

강의 자료 맨 첫머리에 "독서는 대단한 행위가 아니다!"라고 적었다. 많은 사람들이 책 읽기 힘들다는 하소연과 고민을 털어놓는다. 나는 그 모든 어려움이 독서를 지나칠 정도로 거창한 행위로 여기는 데에서 비롯된다고 생각한다. 글자를 배우지 못한 나이 많은 일부 어르신을 제외하고는, 대부분 사람이 기본적인 리터러시는 장착하고 있다. 물론, 단순히 문자를 읽고 이해하는 선에서 그치기보다는 깊이를 알고 삶에 적용하고 실천하는 문제가 더 중요하다는 사실에는 동의한다. 허나, 방법과 요령을 알아야만 책을 읽을 수 있다는 선입견은 우리로 하여금 책으로부터 점점 멀어지게 만드는 생각이다. 일의 종류에 따라 다르겠지만, 독서라는 행위는 할 수 있다는 자신감과 편안한 마음이 우선이다. 책 읽는 것이 별건가. 한 권 손에 잡고 펼쳐 읽으면 그게 독서지.

강의 자료에 독서법에 관한 내용도 실었다. 독서법 따위 없으니까 내 멋대로 읽으면 된다고. 혹자는 먼저 자신에게 맞는 책을 골라 읽으라고 조언하는데, 책을 읽은 적이 있어야 자신에게 맞는 책을 고르지. 속독법도 마찬가지다. 책을 읽고 싶은 사람들 중에는 속독에 관심 갖는 이들이 꽤 많은 모양이다. 먹고살기 바쁜 세상이니까 속독법을 배워 책을 빨리 읽고 싶은 욕심이 생긴다는 점 충분히 이해한다. 시간이 없으니 빨리 읽는 법을 배우고 싶겠지. 경보를 배우길 권한다. 평소에 빨리빨리 걸어다니면 시간이 절약될 거다. 여행도 하루 만에 다녀오길 권한다. 가족 여행 4박5일씩 다니지 말고, 당일치기로 제주도 가서 막 뛰어다니면 된다. 뭘 그리 사진을 찍고 맛난 걸 먹나. 그냥 대충 먹고 빨리빨리 휙 보고 돌아오면 될 것을. 영화도 빨리 감기로 보고, 발라드 음악도 세 배 속도로 듣길 권한다. 세상 모든 일을 '정상적으로' 하며 사는데, 왜 독서 얘기만 나오면 속독을 말하는지 납득할 수 없다. 빨리, 많이 읽고 엄청난 성장을 하고 싶다고? 쉽고 빠른 길은 내리막길뿐이라는 사실을 잊지 말아야 한다.

불투명한 자를 책에다 대고 글자의 윗부분만 읽으면 빨리 읽을 수 있다고 가르치는 속독법도 있다는데. 참 미치고 환장할 노릇이다. 글쓸 때도 윗대가리만 쓰지 왜.

조금은 남과 다른 경험을 한 덕택에 깨달은 바가 있다. 순리대로 살아야 한다는 것. 욕심 부리고, 조급하게 생각하고, 결과에만 치중하고,

요령과 비법만 찾아다니는 인생은 결코 튼실하지 못하다는 사실.

책을 읽는다는 것은, 내가 모르거나 알면서도 잊고 살았던 내용을 배우는 행위다. 익숙지 않은 사람은 시작이 낯설고 어려운 것이 당연한 일 아니겠는가. 다시 말하지만, 독서는 뭐 그리 대단한 일 아니다. 달나라에 가는 것이나 아이언맨 슈트를 만드는 일에 비하면 지극히 단순하고 편안한 일 아니겠는가.

아들이 아빠 책 때문에 방 정리하기가 힘들다며 툴툴거렸다. 고등학교 2학년이 된 아들의 방을 조금이라도 그럴 듯하게 만들어주기 위해 내 책을 몽땅 묶어 사무실로 옮겼다. 대략 600권쯤 되는 양인데, 엘리베이터도 없는 3층까지 일일이 나르느라 허리 끊어지는 줄 알았다. 줄줄 흘러내리는 땀을 휴지로 닦으며 생각했다. 책 나르는 일보다 책 읽는 게 훨씬 쉽다.

27

내 감정을 선택하기로 했다

전화 한 통을 받았다. 보통은 글쓰기나 책쓰기에 대한 상담을 하는데, 그녀는 전혀 다른 이야기를 했다. 어린 시절 겪었던 상처와 아픔에 관해서.

"아버지는 술만 마시면 저를 때렸어요. 아무것도 모르는 철부지였기 때문에, 그냥 때리면 맞아야 하는 줄 알았죠. 엄마는 제가 다섯 살 때 집을 나갔어요. 지금까지 한 번도 저를 찾은 적 없고요. 나이가 들고 사회생활을 시작했을 때, 저는 모든 것이 잘못되었다는 사실을 알았어요. 사람이 무서웠거든요. 그래서 늘 피했어요. 사람들은 저를 이상하게 쳐다봤어요. 뭐 저런 사람이 다 있나. 그런 눈빛으로요. 항상 혼자였죠. 그게 얼마나 견디기 힘든 일인지, 정상적인 삶을 살아온 이들은 절대로 이해할 수 없는 감정이거든요."

수화기 너머 그녀의 목소리가 작게 떨렸다. 아마 얘기를 하는 동안
에도 몸서리를 치고 있으리라. 나는 어떤 조언을 해주어야 할지 전혀
알 수가 없었다. 분명한 것은, 나도 모르게 주먹이 쥐어졌고, 심장 박
동이 빨라졌다는 사실이다.

그녀는 이야기를 계속했고, 나는 멍하게 듣고만 있었다. 그러다가
문득 한 가지 생각이 떠올랐다.

나라면 어땠을까? 과연 그녀처럼 견딜 수 있었을까? 자신 없었다.
참 대단하다. 어떻게 견뎠을까. 어떻게 버텼을까. 어떻게 살아내서 지
금 여기까지 왔을까. 여전히 울먹거리는 목소리가 들리고 있는데도,
나는 서서히 그녀를 존경하기 시작했다. 말이 끊어졌을 즈음에 불쑥
한 마디가 튀어나왔다.

"정말 대단하세요!"

위로받고 싶은 마음으로 전화를 한 거였다. 용기를 내어 과거에 겪
었던 상처를 드러냈는데, 뚱딴지처럼 대단하다는 말을 듣다니. 그녀
는 아마도 이런 생각을 했을 터다. 잠시 뜸을 들이다가 내 생각 있는
그대로 전하기 시작했다.

"얼마나 힘들었을까요. 감히 그 마음 이해하기조차 힘듭니다. 만약
저라면 어땠을까 계속 생각했거든요. 도저히 견뎌내지 못했을 겁니
다. 아마 어떤 방식으로든 삶을 마감했겠지요. 그럼에도 당신은 지금
여기 살아남아서 저한테 이렇게 이야기를 들려주고 계시잖아요. 당신
이 이긴 겁니다. 세상은 당신을 넘어뜨리려고 안간힘을 썼지만, 당신

은 결국 모든 걸 이겨냈습니다. 쓰러지지 않았어요. 당신 정말 대단한 사람입니다."

의외라는 반응을 보였다. 이런 말을 듣게 될 줄 몰랐다고. 틀린 말은 아닌 것 같은데, 별로 마음에 와닿지는 않는다고. 그저 듣기 좋은 소리인 것처럼 느껴진다고.

나는 그녀에게 몇 마디를 더 들려주었다. 과거의 경험들은 그녀가 선택한 것이 아니었다. 잘못한 게 하나도 없다. 그러니 반성할 것도 없고 후회할 것도 없다. 지금 중요한 것은, 과거의 상처와 아픔을 되새김질하면서 여전히 고통 속에 살 것인가, 아니면 그 모든 이야기를 바탕으로 비슷한 상처와 아픔을 간직한 이들을 도우며 살아갈 것인가, 선택하는 일이다.

아버지로부터 폭행을 당한 사람들, 어머니로부터 버림받은 사람들, 세상으로부터 외면당하고 견딜 수 없을 만큼 외롭게 살았던 사람들. 그런 사람들에게 그녀의 이야기는 용기가 되고 살아갈 이유가 될 것이다.

아버지를 바꿀 수는 없다. 어머니도 바꿀 수 없다. 세상 모든 타인을 내 뜻대로 움직일 수도 없다. 세상을 바꿀 수 없다. 과거도 바꿀 수 없다. 우리가 바꿀 수 있는 유일한 한 가지는, 그 모든 일에 대해 어떤 감정을 가질 것인가 판단하고 선택하는 것뿐이다.

비가 내려 슬픈 사람도 있고, 비가 내려 기쁜 사람도 있다. 인생에는 늘 폭우가 쏟아진다. 아버지로부터 폭행을 당한 사람이 어떻게 행복할 수 있겠느냐고 시뻘건 얼굴로 달라드는 사람들의 표정이 눈에 선하다. 그 마음 충분히 이해하지만, 분노와 원망으로는 아무것도 할 수가 없지 않겠는가.

사업에 실패하고 감옥에 가 있을 때, 별생각이 다 들었다. 내가 뭘 그렇게 잘못한 걸까. 도대체 무슨 죽을죄를 지었길래 이토록 참혹한 결과를 받아들여야 한단 말인가. 세상을 향한 분노, 사람들을 향한 저주가 마음속에 가득 찼다. 달라지기로 마음먹은 이유는, 내가 견디기 힘들었기 때문이다. 털끝만큼이라도 달라질 기미가 보여야 살아갈 희망이 생길 텐데, 매일 매 순간 세상과 타인을 향해 욕설만 쏟아붓고 있으니 도무지 앞이 보이지 않았던 거다.

실패는 돌이킬 수 없었다. 그러나, 실패에 어떤 의미를 부여할지는 오롯이 내 몫이었다. 나는 그 실패를 한 번 살려보기로 작정했다. 어떤 책을 읽어도 '주인공의 실패 경험'이 담겨 있었고, 읽을수록 재미있었던 이유도 모두 '실패담' 때문이었다. 내가 겪은 실패 경험이 다른 사람들한테 어떤 의미나 가치로 전해질 수 있겠다는 믿음이 확고해졌다. 글을 쓰기 시작했고, 책을 출간했으며, 강의를 시작했고, 내 삶은 완벽히 달라졌다.

쓰라린 실패는 세상을 향한 저주가 될 수도 있었고 다른 사람을 돕는 도구가 될 수도 있었다. 경험을 통해 알게 된 이 사실이 내 인생의 철학이 되었다.

사건은 늘 일어난다. 억울하고 분한 일도 생긴다. 실수와 실패는 숱하다. 그럴 때마다 무너지면 인생 버티기 힘들다. 내 인생에 유리한 쪽으로 해석한다. 적어도 이것만큼은 내 멋대로 할 수 있다. 어떤 일이 일어나게 만들 수도 없고, 어떤 일이 일어나지 않게 막을 수도 없다. 수시로 일어나는 '그 일'을 나는 어떻게 해석하고 받아들일 것인가. 어떻게 써먹을 것인가. 어떻게 나의 무기로 만들 것인가. 이런 마음으로 세상을 상대하면 저절로 어깨가 펴진다. 한 번 덤벼보라는 오기가 생긴다. 내 감정은 내가 정하기로 했다. 무슨 일이 생기든 두렵지 않다.

28

나는 행복이로소이다

나는 착한 아이였다. 선생님과 부모님 말씀 잘 듣고 공부 열심히 하라고 배웠다. 그대로 했다. 반장도 했고 성적도 좋았다. 그렇게 살면 되는 줄 알았다.

대학에 꼭 가야 한다고 해서 대학에 갔다. 큰 회사에 취직하면 좋다고 해서 대기업에 입사했다. 사람들과 잘 지내라고 해서 그리했고, 결혼하고 애 낳고 성실하게 살았다.

세상이 정해주는 대로 어른들이 시키는 대로 다 했는데, 나는 쫄딱 망했다. 모든 것을 잃었다. 감옥에 가면 안 된다고 배웠는데, 나는 감옥에 가고 말았다.

사람 상대하는 일을 하다 보니 전국 각지 다양한 이들을 만나게 됐다. 그들을 만날 때마다 두 가지 생각을 한다.

첫째는, 참 열심히 산다는 거다. 수입이나 직위가 모두 다른데도 각자의 위치에서 더할 수 없겠다 싶을 정도로 최선을 다해 살아간다. 둘째는, 다들 참 똑똑하다는 것. 옳고 그름도 잘 알고, 정치에 대해서도 해박하고, 사회 경제 등 모든 분야에 있어 두루 꿰뚫고 있는 듯했다. 어찌나 말을 잘하는지. 또 다른 사람들의 행동이나 성과에 대해 신랄하게 비판도 하고. 공부를 열심히 했구나 싶은 생각이 들었다.

그런데, 이 두 가지 생각의 끝에는 항상 의문이 생겼다. 이토록 열심히 살고 똑똑해 빠졌는데 왜 우리는 행복하지 않은 걸까? 열심히 살고 열심히 공부하면 훌륭한 사람 된다고, 그래야 행복할 수 있다고, 그렇게 배우지 않았던가. 시키는 대로 다 했는데, 여전히 혼신을 다해 살아가는데, 도대체 행복은 어디에 있는 것일까? 이렇게 살다가 끝내 행복을 찾지 못한다면 너무 억울하지 않을까?

철학과 심리학 관련 책에서 종종 만나는 문장이 있다.
'행복과 성공은 고양이 꼬리에 있다.'
그랬구나! 행복과 성공은 내 꼬리에 붙어 있는 거였구나. 이제야 깨달은 것 같았다. 그동안은 행복이 '밖'에 있는 건 줄 알고 열심히 찾아다녔는데, 사실은 내 꼬리에 붙어 있었던 거다. 인생 참 진리를 알게 된 순간부터, 나는 꼬리에 붙은 성공과 행복을 잡기로 했다. 멀리, 높이 있는 성공과 행복은 찾기 어려웠지만, 적어도 내 꼬리에 붙은 정도라면 얼마든지 낚아챌 수 있을 거라고 생각했다. 그 후로 꽤 오랜 시간이 흘렀고, 나는 어지럼증을 느꼈다. 꼬리에 붙은 성공과 행복을 잡으려고 애쓰느라 제자리를 뱅글뱅글 돌고 있었던 탓이다.

뭐야 이거. 왜 안 잡혀?

글쓰기/책쓰기 수업을 진행하면서 예비 작가들로부터 적지 않은 상담요청을 받는다. 무엇을 어떻게 써야 하는지, 퇴고는 어떤 식으로 하는지, 문법은 또 어떻게 익혀야 하는지 등등. 쓰고 싶지만 '잘' 쓰지 못하는 그들의 답답함을 누구보다 잘 알고 있기에 성심을 다해 조언한다. 대구 촌놈이라 따뜻하고 친절하게 응대하지는 못하지만, 변화하고 성장할 수 있도록 자극과 동기를 부여하려고 애쓴다.

그런데, 뜻밖의 경우를 심심찮게 만난다. 글을 쓰는 것과 전혀 관계없는 상담을 해오는 때가 많다는 것. 부부 사이의 갈등, 자녀 교육, 불안과 두려움, 심리적 문제, 직장에서의 인간관계, 앞으로의 인생 등 일상과 삶에 관한 다양한 고민을 내게 묻는다.

얼마나 답답하고 막막했으면 이런 이야기를 내게 하는 것일까 생각하며 최선을 다해 조언을 해주는데, 그러면서도 한편으로는 늘 궁금했다. 도대체 이런 이야기를 왜 하필이면 내게 하는 것일까? 오래지 않아 그 이유를 알 수 있었다.

"대표님은 강하니까요!"

"대표님은 흔들리지 않을 것 같아서요!"

"대표님은 성공했으니까요!"

"대표님은 행복해 보이니까요!"

성공과 행복을 붙잡기 위해 갖은 노력을 하며 살았는데, 그럼에도 여전히 그것들을 잡지 못해 답답하고 초조했는데, 다른 사람들이 볼 때는 내가 성공과 행복을 다 가지고 있는 것처럼 보였던 모양이다. 나를 돌아보는 시간을 가졌다. 나는 과연 성공과 행복을 두 손에 쥐고 있는가.

아! 이 얼마나 멋진 깨달음인가! 성공과 행복은 멀리 있는 것도 아니었고 내 꼬리에 달려 있는 것도 아니었다. 내가 성공이고 내가 행복이었다.

가지지 못한 것은 나눌 수 없다. 다른 사람들이 내게서 성공과 행복을 볼 수 있다면, 또 그들이 나를 통해 성공과 행복을 나눠갈 수 있다면, 그 말인즉 내가 곧 성공이고 행복이라는 의미로 해석할 수 있는 거였다.

달리 말하자면, '붙잡기' 위해 노력할 것이 아니라 '나누기' 위해 살아야 한다는 거다. 우리 모두는 성공과 행복이다. 나눌 수 있다. 그럼에도 많은 이들이 나처럼 어딘가에 있을 거라 믿으며 평생을 '찾아' 다닌다.

나는 성공하지 못했다고 말하지 말라. 나는 행복하지 않다고 말하지 말라. 성공과 행복은 원하는 것을 이루거나 갖는다는 조건에 있지 않다. 우리 모두는 줄 수 있다. 누구나 적절한 조언 한 마디 해줄 수 있고, 누구나 어깨를 토닥여줄 수 있다. 내가 걸어온 길, 내가 살아온 모든 경험은 타인에게 도움이 된다. 인터넷으로 물건 하나를 구입할 때도 후기를 살피지 않는가. 다른 사람의 '경험'이야말로 선택과 판단에 중대한 요소가 될 수 있다.

기꺼이 나누고자 할 때, 나는 성공이며 행복이 된다. 성공과 행복이 고양이 꼬리에 있다는 말. 그것은 가까이 있으니 잡으라는 뜻이 아니었다. 내가 곧 성공이자 행복이니, 어디서 무슨 일을 하든지 그 일을 즐기고 누릴 수 있다는 의미였다.

내가 성공이다. 내가 행복이다. 많은 사람들이 성공과 행복을 찾고 있으니, 이제 내가 나서서 그들에게 성공과 행복을 나눠주어야 할 때다. 만약 세상 모든 이들이 이런 생각을 품고, 자신의 성공과 행복을 나눠주겠다며 살아간다면, 아마 지금보다 훨씬 근사한 세상이 펼쳐지지 않겠는가.

매일 아침 눈을 뜰 때마다 오늘은 또 어디서 성공과 행복을 찾아야 하나 막막해하지 않아도 된다. 오늘은 또 누구한테 나의 성공과 행복을 나눠줄 것인가. 입가에 미소가 지어지는 매일 아침! 생각만 해도 설렌다. 내가 바로 행복이로소이다!

29

마음 참 간사한 놈이네

먼 친척 중에 단양 소백산 끝자락에서 작은 절을 운영하는 이가 있다. 평소 왕래가 없던 사람이고 촌수도 멀어서 얼굴조차 기억하지 못하는데, 아버지와 어머니는 젊은 시절 꽤 친하게 지냈다고 한다.

오랜만에 연락이 왔다. 산 좋고 물 좋은 계절이라며 아버지와 어머니를 초대해 구경시켜드리고 싶다고. 아직 아버지 허리가 완치되지 않았고, 또 코로나 시국도 진정되지 않은 터라 염려되었다. 두 분이 들떠서 입고 갈 옷 고르는 모습을 보며 차마 입을 떼지 못했다. 지난 주말, 아버지와 어머니는 또 다른 친척의 차를 타고 먼 길을 다녀오셨다.

토요일 아침 일찍 출발하셨던 두 분은 일요일 오후 네 시쯤 되어서야 집에 돌아오셨다. 양 손에 검은 색 비닐봉지를 잔뜩 들고 오셔서 거실 바닥에 풀어놓으셨다. 벌겋게 상기된 얼굴로, 기초 군사훈련을 마친 신병이 첫 휴가를 나와 걸프전을 치른 것처럼 경험담을 쏟아내기 시작했다.

"소백산이 그리 큰지 몰랐다. 봄바람이 살랑살랑 불어오고, 온갖 산나물이 천지에 널렸고, 사람들 왕래가 적어서 고요하고 적막한 것이, 그야말로 별천지더라."

"공기가 어찌나 맑은지 가슴까지 시원해지고, 계곡 물은 또 얼마나 맑은지 그냥 막 퍼마셔도 된다. 고개만 돌리면 그림 같은 풍경이 펼쳐지고, 식사 때마다 산나물 반찬 종류별로 나오는데 배가 터지도록 맛있게 먹었다."

별로 안 궁금한데 계속 말씀하셨다. 코로나 때문에 외출 못한 지 1년 6개월이 넘었다. 모처럼 다녀오신 짧은 여행의 설렘과 흥분이 여전히 계속되는 듯했다. 신이 난 사람을 대하는 가장 좋은 방법은, 같이 흥을 내주는 거다. 우와! 크아! 진짜요? 중간중간에 감탄사와 경이로움을 표하며 두 분의 말씀에 장단을 맞춰드렸다.

이야기보따리가 거의 다 풀어졌을 무렵, 아버지와 어머니는 피곤한 기색이 역력했다. 얼른 들어가서 좀 쉬시라고 말씀을 건네는데, 조금 다른 이야기가 다시 시작되었다.

"근데, 산 밑이라 그런지 밤이 되니까 좀 춥더라."

"행자 방이 낯설어 잠을 한 숨도 못 잤다."

"화장실이 너무 지저분하더라."

"못 본 척할 수 없어서 기왓장에 소원 썼다. 괜한 돈 쓴 거지."

조금 전까지 쉴 새 없이 칭찬과 흥분을 쏟아내던 두 분은, 약속이나 한 듯이 불편하고 못마땅했던 점들에 대해 삐딱한 말씀을 시작하셨다. 전혀 다른 두 곳을 다녀온 것도 아니고, 같은 곳에 관한 이야기가 이리 다를 수 있나 싶은 생각이 들었다.

산도 절도 그대로였다. 아버지와 어머니 마음만 시시각각 달랐을 뿐. 산이니까 아름답고 산이니까 밤에 추운 것이지. 당연한 얘기를.

절에서 내어주는 방이 뭐 다 그렇지. 무슨 호텔 방을 상상하셨나. 절에 붙은 화장실도 그만하면 되었고, 잘 대접받고 즐겼으면 좋은 마음으로 기와 한 장 써주면 되는 거지.

좋다고 좋다고 한참을 신나게 말씀하시다가, 별로다 별로다 한참을 불평하시다가, 저녁이 되자 만사 귀찮다는 듯 지쳐 잠드셨다.

바라는 대로, 기대하는 대로, 모든 일이 착착 이루어지면 기분이 좋다. 이럴 때 우리는 행복하다고 말하고 즐겁다고 표현한다. 웃음꽃이 핀다. 그와는 반대로, 내 마음과 다른 결과를 만나게 되면 곧 실망하고 불쾌해한다.

문제는, 인생에서 '내 마음에 딱 드는' 일이 과연 얼마나 있는가 하는 거다. 사람을 만나도, 취업을 해도, 일을 해도, 하물며 놀이공원에 놀러갈 때도, 내게 일어나는 모든 일이 입맛에 맞을 리 없다. 그럴 때마다 실망하고 불평한다면 인생은 원래 불행한 거라고 정의내릴 수밖에 없다. 다른 방법이 있을 것 같은데.

우선, 좋은 일이 생겼다 하여 방방 뛰는 일 없도록 차분한 습관을 들이는 것이 좋겠다. 우리가 무슨 부처님도 아니고, 시종일관 평정심을 유지하기는 불가능할 거다. 다만, 누가 봐도 촐싹거리는 정도라면 아주 조금이라도 마음을 가라앉히는 연습을 해야 한다. 좋은 일에 차분할 수 있으면 나쁜 일에도 흔들리지 않을 수 있다. 산이 너무 아름답다며 온 마음 다 빼앗길 것이 아니라, 소백산이 저리 생겼구나 그저 바라보는 거다. 이렇게 쓰고 보니 진짜 무슨 도통한 사람인 것처럼 느껴지는데, 아무튼 자기 마음에 흡족하다 하여 들썩거리는 일 조금씩이라도 줄여야 하겠다.

둘째, 결과에 집착하는 습성을 버려야 한다. 기대하면 실망하게 마련이다. 어렵게 책 한 권을 출간하고도 달라지는 게 없다며 툴툴거리는 사람 종종 만난다. 책 한 권을 출간했다는 사실 자체가 이미 '달라진' 것인데, 뭘 얼마나 바랐던 것인가. 여행을 다녀오는 과정, 그곳에서 보고 들은 새로운 풍경과 사람들, 배우고 느낀 바 모든 것들에서 충분히 얻었다. 뭔가 더 있을 거라는 바람과 집착을 내려놓을 때, 우리는 매 순간 행복할 수 있다.

셋째, 자신이 평소 어떤 말과 행동을 하고 있는지 주의 깊게 살

펴볼 필요가 있다. 자기 인식이라는 말이 있다. 내가 어떤 사람인지 제대로 알아야 변화할 수도 있고 성장할 수도 있는 법. 현재의 모습을 알지 못하면 달라지기도 힘들다. 부정적인 말을 하는 사람한테 제발 부정적인 말 좀 하지 말라고 하면, 십중팔구 "내가 뭐!" 하면서 달려든다. 자신을 모르니 백날 얘기해봐야 소용없다.

한평생 살면서 어찌 마냥 좋을 수만 있겠는가. 일이 술술 풀릴 때도 있고, 그렇지 않을 때도 많다. 외부에서 일어나는 사건이나 환경, 다른 사람들의 말이나 행동, 이런 것들에 휘둘려 마음이 위아래로 출렁이면 늘 괴롭고 심란하다. 좋은 일이 생기면 허허 웃으며 즐기고, 나쁜 일이 생겨도 그러려니 받아들인다. 쉽다고 할 수는 없겠지만, 연습을 통해 마음을 차분하게 유지하게 되면 이보다 편안한 인생이 또 없다.

사람 마음은 간사하다. 산 풍경은 마음에 들지만, 산에서 부는 밤바람은 차다. 산나물 반찬은 맛있지만 잠자리는 불편하다. 공기 좋고 물 맑은데 화장실은 못마땅하다. 팔십 년을 살아온 두 분 마음도 이러할진대, 더 말해 뭘 할까.

30

나는 무엇 때문에 화를 내는가

버스나 기차 안에서 큰 소리로 통화하는 사람을 그냥 두고 볼 수 없었다. 자리에서 일어나 그의 곁으로 가서 어깨를 툭 친 다음날카롭게 쏘아붙인다.

"저기요! 통화 적당히 하시죠!"

죄송하다며 얼른 전화를 끊는 사람도 있고, 눈을 크게 뜨고 싸울 듯 바라보는 사람도 있다. 후자인 경우에는 욕설이나 고성이 오가며 큰 싸움으로 번질 때도 많다. 멱살까지 잡는 것은 아니지만, 주변 사람들이 몰려드는 구경거리는 충분히 된다.

똑같은 돈 내고 버스나 기차를 탔는데, 내가 왜 저 사람 통화하는 소리 때문에 스트레스를 받아야 하는 것인가. 내게는 그런 생각이 있었다.

운전할 때 방향등을 켜지 않고 끼어드는 차를 만나면 폭발했었다.

경음기를 몇 번씩 길게 누르기도 하고, 굉음을 내며 그 차의 곁으로 바싹 붙여 창문을 내리고 삿대질을 퍼붓는다. 미안하다며 손을 흔드는 사람도 있고, 한 번 해보자는 거냐며 위험할 정도로 차를 밀어붙이는 운전자도 있다. 후자의 경우, 종종 도로 한복판에 차를 세우고 내려 더 큰 목소리로 싸움을 하기도 한다. 곁에 가족이 함께 타고 있을 때는 그래도 좀 덜한 편이었는데, 혼자 운전할 때면 가차 없었다.

이렇게 쓰고 보니 내가 마치 싸움닭인 것 같은데, 이왕 쓰는 김에 몇 가지 더 언급해야겠다.

학생들이 담배 피는 모습을 보면 참지 못했다. 주차장에서 역주행하는 차를 만나면 절대 비켜주지 않았다. 식당에서 늦게 온 손님한테 먼저 음식을 내주는 걸 참지 못했다. 횡단보도에 걸쳐 정차하는 차를 보면 그 자리에서 소리를 버럭 질렀다.

나는 성격이 괴팍했는데, 적어도 내 스스로는 정의와 도덕을 지키는 사람이라고 자부했던 것 같다. 지금은 전혀 다른 사람이 되었고, 전혀 다른 사람이 되기 위해 노력 중이다. 변화를 결심하고 시도하게 된 데에는 이유가 있었다.

첫 책을 출간하고 얼마 되지 않았을 때, 독자로부터 이메일을 한 통 받았다. 간호사로 근무하다가 직원들의 괴롭힘을 견디지 못해 퇴사하고, 그 후에 다시 유치원 교사로 근무하게 되었는데 이번에도 다른 교사들의 따돌림에 힘들어 죽겠다는 이야기. 어떻게 해야 행복하게 살

수 있을지 지푸라기라도 잡고 싶은 심정에 우연히 책을 읽다가 내 이메일 주소를 알게 되었다고.

메일을 읽는 동안 가슴이 답답했다. 동료 간호사나 유치원 교사들의 행패(?) 때문이 아니라, 독자 때문이었다. 한참을 고민하던 끝에 정성껏 답장을 보냈다.

반갑습니다. 이은대입니다. (중략) 현재 유치원 교사로 근무 중인 독자님이 당장 행복할 수 있는 방법이 두 가지 있습니다. 첫째는, 독자님을 따돌리는 그 교사들이 내일 당장 죽는 겁니다. 둘째는, 독자님을 따돌리는 그 교사들이 내일 당장 유치원을 떠나는 것이죠. 이렇게만 된다면 아마 독자님은 금방 행복해질 수 있을 겁니다.

안타깝게도, 그런 일은 일어나지 않겠지요. 속 시원한 답변을 드리지 못해 대단히 죄송합니다. 독자님은 앞으로도 행복할 수가 없습니다. 독자님의 행복이 동료 간호사나 유치원 교사들에게 달려 있기 때문입니다. 독자님이 행복하기 위해서는 그들이 달라져야 하는데, 사람은 다른 사람 마음 변화시키기 어렵습니다.

독자님! 자신의 행복을 다른 사람 손에 넘겨주지 말았으면 좋겠습니다. 그 사람들이 어떤 말을 하든 어떤 행동을 하든 그것은 그들의 의견일 뿐입니다. 독자님이 관여할 문제가 아니지요. 유치원을 떠나 또 다른 곳으로 가도 역시 비슷한 사람들을 만나게 될 겁니다. 이 말은, 어딜 가도 세상은 다 똑같다는 뜻이 아니죠. 본인 마음가짐이 달

163

라지지 않으면 세상은 바뀌지 않는다는 뜻입니다…. (이하 생략)

이후로도 꽤 많은 양의 글을 적어서 독자께 보냈다. 메일 발송 버튼을 누른 후 밖으로 나가 담배를 입에 물었다. 연기와 함께 긴 숨을 내쉬었다. 상담을 전공한 것도 아니고, 행복을 공부한 것도 아닌데, 나는 어째서 그토록 긴 글을 순식간에 쓸 수 있었던 걸까. 독자의 메일에서 내 모습을 보았기 때문이다.

나는 화를 잘 내는 사람이었다. 화를 내는 이유는 큰 목소리로 통화하는 사람 때문이었다. 방향등을 켜지 않고 끼어드는 운전자 때문이었다. 담배 피는 학생들 때문이었고, 역주행하는 운전자 때문이었고, 늦게 온 손님한테 음식을 먼저 내어준 종업원 때문이었고, 횡단보도에 걸쳐 주차한 운전자 때문이었다. 나는 그들 때문에 화가 났던 것이다. 내 화의 근원은 그들에게 있었다. 그들이 나를 화나게 만들었다. 그들이 내 삶을 손에 쥐고 있었다. 나는 그들에게 삶의 통제권을 고스란히 넘겨준 것이었다.

독자의 상담 메일에 답장을 쓰면서, 이제부터 그렇게 살지 말아야 하겠다는 결심을 했다. 큰 목소리로 통화하는 것은 그들의 삶이었고, 그것을 어떻게 받아들일 것인가 하는 것은 내 몫이었다. 불쾌함을 느낄 것인가 아니면 귀에 이어폰을 꽂고 나만의 여행을 즐길 것인가. 정 불편하면 승무원을 불러 부탁을 해도 될 터다. 기분 나쁘다는 쪽으로

164

만 해석을 하면 문제에 초점을 맞추는 격이다. 해결책으로 방향을 바꾸면 더 나은 삶을 추구하는 습관이 생긴다.

온갖 일이 다 생기는 인생인데 매번 수행자처럼 점잖을 수야 있겠는가. 때로 욱할 때도 있고, 얼굴이 시뻘게질 때도 있다. 그러나 이제 그런 불편한 감정을 오래 품지 않는다. 머리를 흔들며 생각한다. 내 마음을 통제할 수 있는 사람은 오직 나뿐임을. 내 선택에 따라 지금 이 순간이 행복이 될 수도 있고 수난이 될 수도 있다. 참고 견디는 문제가 아니라 '선택'의 문제다. 인생에서 오직 내 마음대로 할 수 있는 것 한 가지는, 어떤 기분을 느낄 것인가 바로 그 선택뿐임을 잊지 말아야 한다.

31

사직서 함부로 내지 마라

직장생활하던 시절. 아침 7시 출근, 오후 4시 퇴근이 규정이었다. 7-4제라 불렸다. 출근 시간 어겨본 적 없었고, 퇴근 시간 지켜본 적 없었다. 입사한 지 3년도 되기 전이었으니까, 아마도 패기와 열정이 넘쳤던 것 같다.

회사가 임대해 준 집에 거주했는데, 집에서 회사까지 한 시간 정도 걸렸다. 7시까지 사무실에 도착하기 위해서는 적어도 5시에 일어나야 했다. 직원 식당에서 아침 식사를 하고, 회사 버스에 탑승해야만 출근 시간을 지킬 수 있었다. 퇴근 시간은 평균 밤 8시. 회식이나 야근이 있는 날이면 밤 12시에 사무실을 나서기도 했다.

매일 새벽 5시 기상. 죽을 맛이었다. 동료들과 '평생 고3'이라며 쓴 농담을 주고받기도 했다. 업무 스트레스도 이만저만이 아니었다. 그들의 생각은 달랐을지 모르지만, 적어도 나는 출신학교와 지역에 대

166

한 차별을 온몸으로 느꼈다. 더럽고 치사하다, 언젠가 두고 보자, 소주 잔 퍼부으며 참고 견딘 날 숱했다.

입사에서 퇴사까지 10년을 버텼는데, 돌아보면 신기하기도 하고 용하는 생각도 든다. 어찌 10년씩이나. 사직서를 제출한 후부터 내 인생은 급속도로 내리막길을 달렸다. 하루에도 수백 번씩 후회했다. 내가 왜 사표를 냈을까. 그대로 회사에 다녔더라면 지금쯤 과장 달고 어깨힘 빡 주며 신나게 직장생활 하고 있을 텐데. 이번에는 소주잔에 후회를 담아 퍼부었다. 알코올 중독도 다 이유가 있게 마련이다.

당시에도 유행하는 말들이 있었는데, 대표적인 것이 "직장생활 당장 때려치우고 사장이 돼라!"는 말이었다. 쥐꼬리만한 월급을 운운하며 언제 돈 벌어 성공할 거냐며 사업을 제안하는 사람도 있었고, 자신은 벌써부터 독립해서 자리 잡았다며 무용담을 펼쳐놓는 선배도 많았다. 늦은 밤, 술 한 잔 걸치고 버스에 앉아 집으로 돌아가는 길. 나는 늘 머릿속에 사직서를 그리고 있었다.

기름이 가득 부어져 있던 내 마음에 결국 불을 지른 것은 뜻하지 않은 발령이었다. 초라한 곳에 혼자 뚝 떨어진 느낌. 배신감과 분함을 삭이지 못했다. 결국 나는 사직서를 냈다. 크리스마스를 이틀 앞둔 겨울이었다.

"회사를 그만두는 게 맞겠지요?"라고 묻는 이들에게는 그만두라고 말해준다. "그래도 계속 다니는 게 맞겠지요?"라고 묻는 사람들한테는 계속 다니는 게 옳다고 조언한다. 질문을 자세히 들어보면 그 안에 이미 답이 있다는 사실을 알 수 있다. 묻는 사람은 답을 알고 있다. 자신이 생각하는 답안에 힘을 싣기 위해 질문하는 거다. 그래서 질문자의 편을 들어준다.

이 글을 읽는 독자 중에서 혹시 다른 사람한테 조언하기를 즐기는 사람 있다면, 감히 말하는데 함부로 조언하지 말기를. 특히, 회사 때려치우라는 말은 절대로 조심해주길 바란다.

사표 쓴 후 얼마나 춥고 쓸쓸했던가. 말도 못한다. 동기들 만나는 횟수가 급격히 줄었다. 어쩌다 동기 회식에 나가도 섞을 말이 없었다. 나는 이미 외부 사람이 되었고, 그들의 머리와 가슴에 공감할 능력을 잃어버렸다. 이번에는 외로움에 술잔을 퍼부었다.

물건을 구입할 때, 인터넷을 통해 다른 사람들의 경험담을 눈여겨본다. 경험보다 더 확실한 팩트는 없기 때문이다. 그러나 물건을 구입하는 것과 인생 결정은 다르다. 회사를 그만두고 사업을 시작해서 잘된 사람도 있는 반면, 끝도 없이 무너지기 시작하는 사람도 허다하다.

성격이 다르고, 기술이 다르고, 취향이 다르고, 사정이 다르다. 개인마다 천 가지 특징이 있는데 이를 전부 무시하고 "회사 당장 때려치워라!" 하며 책임지지도 못할 말을 건네는 것은 죄악이나 다름없다. 물론, 신중하지 못하고 다른 사람 말에 휘둘린 본인의 책임이 가장 크겠지만, 어쨌든 누군가의 실패와 추락에 조금이라도 영향을 미치는 거라면 입을 닫는 것이 옳지 않겠는가.

회사 생활 힘들었다. 그런데, 나와서 보니까 다들 그 정도는 견디고 있더라. 더럽고 치사한 일도 겪고, 억울하고 분한 일도 당하고, 그러면서도 안정적으로 돈 벌어야 한다며 가슴 꾹꾹 눌러가며 **살아내고 있는 사람들.**

자신의 일을 하면서 돈과 시간으로부터 자유로워질 수 있다면 더 바랄 게 없을 거다. 하지만, 세상에 쉽게 얻을 수 있는 것은 하나도 없다는 사실도 함께 기억해야 한다. 사업으로 성공한 사람들의 말을 들어보면, 하나같이 직장 생활보다 힘들다고 고백한다. 어떤 선택이 마땅한지는 오직 본인의 판단과 선택에 달렸다. 주변 사람들의 경험과 조언에 귀를 기울이는 것은 신중한 자료 수집일 수 있겠지만, 그들의 말에 현혹되거나 흔들리는 것은 분명 후회를 낳는 일이다.

철저히 준비하고 계획해야 한다. 세상은 만만치 않다. 다른 사람의 인생에 자신의 삶을 끼워 맞추지 말고, 개성과 강점을 찾아 지혜롭게 설계해야 넘어져도 덜 아프다. 사회는 말랑하지 않다. 사직서 함부로 던지지 말았으면 좋겠다.

chapter 4

인생은
아름다워

32

폐지 줍는 할머니

매주 수요일 밤 9시부터 두 시간 동안 온라인으로 수업을 진행하고 있다. 정해진 시간은 11시까지인데, 질문에 답하다 보면 훌쩍 넘기기 일쑤다. 그날도 밤 11시 30분이 넘어서야 강의를 마쳤다. 두 시간 강의는 두 시간 달리기 못지않게 에너지를 소비하는 것이라고, 어느 책에서 읽은 기억이 난다. 냉수 한 잔을 마시고 가방을 챙겨 사무실을 나섰다. 집으로 돌아오는 골목길에는 인적이 없다. 가로등 불빛만 쓸쓸히 비춘다.

이른 새벽과 늦은 밤. 거리는 스산하지만 마음은 뿌듯하다. 대부분 사람이 잠들어 있거나 취해 있는 시간에 옳은 정신으로 하루를 시작 또는 마무리하고 있는 자신이 대견하게 느껴진다. 성과를 떠나 한 걸음씩 묵묵히 걸어가고 있는 내가 뿌듯하고 기특하다.

털썩거리는 소리가 들려 고개를 돌렸다. 모자를 푹 눌러썼지만 한 눈에 봐도 노파임을 알 수 있었다. 겉보기에 일흔은 족히 넘은 듯했다. 골목길 가운데에 리어카를 세워둔 채 건물 앞에 버려진 폐지를 주워 챙기고 있었다. 박스에 붙여진 테이프를 뜯어내고 평평하게 만든 후 리어카에 차곡차곡 재는 작업이다. 가로등에 비친 얼굴은 주름 가득했고, 허리는 굽어 똑바로 펴지도 못했으며, 박스 하나를 뜯어 펼치는 동작 하나하나가 힘에 겨워 보였다. 가까이 다가갈수록 거친 숨소리가 선명하게 들렸다.

인력시장을 떠난 지 5년이 지났다. 까마득한 옛일로 느껴지지 않도록 요즘도 한 번씩 그때를 떠올린다. 사람의 기억이란 시간이 지나면 잊히게 마련이지만, 가능한 오래도록 붙잡아두고 싶은 것이 솔직한 심정이다. 건방 떨지 않기 위함이다. 초심을 잊지 않기 위함이다.

일당은 평균 10만 원이었다. 소개비로 만 원을 떼어주고 나면 내가 챙길 수 있는 돈은 9만 원. 그걸로 다섯 식구 먹고살았다. 투자, 재테크 따위 생각도 할 수 없었다. 그때의 경험 때문에 나는 지금도 투자와 재테크 등의 단어에 무관심하게 살고 있는지도 모른다. 어쩌다가 일당 12만 원을 받는 날도 있었는데, 그런 날이면 삼겹살 두 근을 사서 식구들 입에 기름칠을 했다. 아버지는 맛있게 드시면서도 새카맣게 그을린 내 뒷목을 보며 넌 요즘 도대체 무슨 일을 하고 다니는 거냐 안타까운 질문을 하셨다.

겨울철에는 5시 정도면 일을 마쳤다. 가끔 마무리가 늦어 한 시간이나 두 시간쯤 지나서 일을 마칠 때가 있었는데, 그럴 때면 업체 사장한테 일당을 좀 더 줄 수 없냐고 부탁하곤 했다. 기껏해야 1~2만 원이지만 하루 일당이 9만 원인 걸 감안하면 나한테는 큰돈이었다. 흔쾌히 주는 사장도 있었고, 매몰차게 고개를 흔드는 사장도 많았다. 휙 던진 만 원짜리 한 장이 땅바닥에 떨어지면 얼른 허리를 숙여 돈을 줍는다. 집으로 돌아오는 길, 그리고 잠자리에 드는 순간까지 만 원을 줍는 내 모습이 머릿속에 남아 분통이 터졌다.

비가 오는 날에는 일거리가 없었다. 아들 태권도 학원에도 보내야 하고 식구들 먹을 찬거리도 사야 하는데. 하루 벌어서 먹고 사는 일꾼한테 비 내리는 날은 직격탄이었다. 아침 8시까지 인력시장에서 일을 기다리다가 결국 빈손으로 돌아선다. 집으로 가는 발걸음이 무거웠다. 나도 모르게 발걸음이 공원으로 향했다. 벤치에 걸터앉으면 한숨부터 나왔다. 일이 없어서 그냥 왔다는 말을 하기가 죽기보다 괴로웠다. 괜찮으니까 좀 쉬라고, 내일 또 나가면 된다고, 아내는 늘 미소를 지어보였다. 21세기에 끼니를 걱정하는 처지가 되다니. 한 집안의 가장으로서 겪을 수 있는 최고의 치욕이었다. 비 내리는 날 뿐만 아니었다. 눈이 와도 일이 없었고, 폭염에도 한파에도 일을 쉬어야 했다. 열심히 일하겠다는 내 의지가 날씨 앞에서 힘없이 무너졌다. 번듯한 책상 앞에 앉아 때만 되면 월급 나오는 직장생활을 얼마나 그리워했는지 모른다.

일당을 못 받는 날도 더러 있었다. 업체에서는 준다 준다 말만 하면서 시간을 끌었고, 함께 일한 일꾼들 사이에서는 불길한 소문이 떠돌았다. 참다못한 나는 업체 사무실을 찾아가 당장 돈을 내놓지 않으면 확 불 질러 버리겠다며 엄포를 놓기도 했다. 결국 일당을 받을 수 있었지만, 인력 사무실에서는 내일부터 나오지 말라는 청천벽력 같은 통지를 받았다. 다시는 그러지 않겠다며 싹싹 빌고 겨우 다시 일을 받을 수 있었지만, 약자로 살아간다는 것이 얼마나 답답하고 모욕적인 일인지 뼛속 깊이 느끼는 계기가 되었다.

돈 벌기가 얼마나 어려운지 막노동 하면서 겨우 알게 되었다. 나는 돈을 우습게 알았다. 쉽게 벌었고 한순간에 날렸다. 최악의 현실을 살면서도 언젠가 삶이 나아질 거라는 막연한 기대를 품고 살았다. 긍정의 희망이 아니었다. 대책 없는 낙관이었다. 삽질하는 인생이 나아질 기미라곤 하나도 보이지 않았다.

책을 쓰고 책을 읽으면서 새로운 인생을 만났다. 내가 겪은 모든 경험을 자산으로 사업을 시작했다. 사람은 타인의 경험을 바탕으로 살아간다는 사실을 이해했다. 저렴한 가격으로 내 경험을 팔기 시작했다. 다행히도 사람들은 내 이야기에 귀를 기울여주었고, 들을 만하다는 평가를 내려주었다. 돈과 시간을 기꺼이 투자하면서 세계 여행을 다녀오는 사람도 있는데, 나는 일반 사람들이 쉽게 다녀올 수 없는 삶의 여행을 한 셈이었다. 느낀 점도 많았고 배운 점도 많았다. 정리해서 전달하면 충분한 가치가 있을 거라 확신했고, 내 짐작은 여지없이 맞아 떨어졌다.

힘들었던 과거를 후회하지 않는다. 적어도 그런 경험 덕분에 지금의 삶을 만났고, 힘들고 아픈 사람 만나면 이해하고 공감할 수 있게 되었다.

폐지를 다 챙긴 할머니는 한숨을 쉬며 리어카를 끌기 시작했다. 뒷모습을 물끄러미 쳐다보았다. 저녁은 드셨을까. 오늘 밤을 보낼 방은 있는 걸까. 할머니는 어떤 삶을 살아오신 걸까. 가족은 어디서 무얼 할까. 가족이 있기는 한 걸까. 어디 아픈 곳은 없을까. 고혈압이나 당뇨 등 잔병치레도 잦을 텐데 병원에 다닐 돈은 있을까. 약은 제때 챙겨먹고 다니는 걸까. 산더미처럼 쌓아올린 폐지를 팔면 얼마나 받을 수 있을까. 그 돈으로 하루를 버틸 있는 걸까.

있는 힘을 다해 삶의 무게를 버티고 살아가는 이들이 많다. 내게 주어진 하루와 모든 것들이 얼마나 귀하고 대단한 축복인지. 밤 12시가 다 되었다. 일상에서 만나는 모든 순간은 신이 보여주는 자습서다. 무엇을 배울 것인지 선택하고 어떻게 살아갈 것인지 결정한다. 크게 심호흡을 한다. 밤바람이 몸 깊숙이 들어온다.

33

잘 살고 있다니 다행이야

"나 내일부터 단식이야!"

토요일 저녁. 삼겹살을 구워 맛있게 먹고 있는데 갑자기 아들이 결의에 찬 눈빛으로 말한다. 입에 넣었던 쌈을 뱉을 뻔했다. 뜬금없이 웬단식? 살이 좀 붙긴 했지만 키가 커서 뚱뚱하다는 생각을 해 본 적 없었다.

화요일에 학교에서 신체검사를 한다. 표준 체중에 맞추고 싶은데지금은 3킬로그램 초과. 일요일과 월요일, 이틀 동안 단식을 해서 3킬로그램을 빼겠다는 거다. 먹는 걸 좋아하는 녀석이 단식까지 선포할정도면 어지간히 심각한 모양이었다.

표준 체중은 세상이 정한 잣대다. 건강을 위해 적절한 키와 몸무게배합을 분류하고 기준을 정한 것이라 바람직하다고 볼 수 있겠지만,한창 성장하는 아이에게 3킬로그램 초과보다 단식이 더 위험한 것 아니겠는가. 녀석의 눈빛을 보니 말려도 소용없겠다 싶어 그냥 두었다.

서울을 뒤로 하고 출발했다. 톨게이트를 지나 경부고속도로에 올랐다. 수도 없이 달렸던 도로가 낯설게 느껴졌다. 날씨는 더없이 맑았지만, 내 시야는 자꾸만 흐려졌다. 무슨 이런 경우가 다 있나. 영화나 드라마에서만 보던 '도망'이자 '회피'였다. 서울 생활 10년. 나는 모든 것을 잃고 고향으로 내려가고 있었다.

"내 아들…… 잘 키우고 싶었는데……."

옆 자리에 앉은 아내는 또 눈물을 흘렸다. 목소리가 떨렸다. 나는 아무 말도 할 수가 없었다. 휴게소에 들러 아들을 데리고 화장실 다녀왔다. 차 앞에 서서 우리를 바라보는 아내의 표정에 슬픔이 가득했다. 실패한 아빠는 아들의 손을 꼬옥 쥐고 있었다. 망한 남편은 아내의 얼굴을 똑바로 쳐다보기 힘들었다. 네 시간 만에 대구에 도착했다. 달리는 길이 더 길고 멀면 좋겠다는 생각이 들었다.

현관문을 열고 들어섰다. 아버지와 어머니는 어서 오라는 인사로 우리를 맞이해주셨다. 환영의 인사도 아니었고, 반가움의 표현도 아니었다. 타향살이 쫄딱 말아먹고 갈 곳 없어 살림 합치는데 어느 부모가 마땅하겠는가. 업체에 맡긴 짐은 내일 오전에 도착한다. 세 식구 살았던 단출한 살림이지만, 아버지와 어머니 살고 계시던 집에 더하자면 복잡하고 번거로운 일이 될 터였다. 대구로 내려간 첫날, 아내와 아들과 나는 작은 방에 이불을 깔았다. 그날 밤 나는 한숨도 자지 못했다.

다음날 아침 7시. 이사 업체 대형 트럭이 아파트 아래에 도착했다.

자동 사다리를 펼쳐 4층 베란다에 고정시켰다. 윙 철커덕 하는 기계소리와 함께 트럭에 실려 있던 짐이 하나씩 집 안으로 들어왔다. 보통은 빈 집으로 이사하기 때문에 짐이 도착하는 대로 착착 제 위치에 놓으면 되는데, 기존 살림이 그대로인 상태에서 짐을 들이다보니 거실 아무 곳에나 쌓아둘 수밖에 없었다. 어디에 놓아 달라고 요청할 수도 없었고, 일꾼들도 난처해했다. 집 안은 순식간에 엉망이 되었다. 이사는 한 시간 만에 끝났다. 일꾼들을 돌려보냈다. 아버지와 어머니, 아내와 나는 종일 짐을 풀어 적당한 공간에 쑤셔 박았고, 추억이 깃든 소중한 물건 대부분을 분리수거장에 내다버렸다.

해가 질 무렵이 되어서야 정돈이 되었다. 큰일을 해치웠다는 안도감과 이제 어찌 살아야 하나 막막함이 동시에 밀려왔다. 밥과 김치와 된장찌개가 차려진 밥상 앞에서 아버지와 어머니가 말씀하셨다.

"아이고, 우리 손주가 왜 이리 말랐노?"

혹 불면 날아갈 것 같았다. 아들은 아기 때부터 잘 먹지 않았다. 오죽했으면 외식을 할 때도 내가 숟가락과 밥그릇을 들고 따라다니며 한 입씩 떠 먹였을 정도였을까. 체질이 그런가보다 크게 신경 쓰지 않았다. 성장하면서 저절로 나아질 거라 믿었다. 할아버지와 할머니 눈에는 애처롭기 짝이 없었나보다. 왜 이리 가볍냐 우리 손주 왜 이리 가볍냐 연신 안타까운 탄성을 뱉으며 아들을 품에 안으셨다.

한치 앞을 내다볼 수 없는 캄캄한 순간이었다. 무엇을 어떻게 해야 할지 아무것도 알 수 없었다. 삐쩍 말라 팔다리가 곧 부러질 것 같은 연약한 아들을, 살아갈 궁리를 하느라 진지하게 돌아보지 못했다. 애비 마음이 콩밭에 가 있는데 자식이 어찌 건강할 수 있으랴. 마음으로 돌보지 못했던 아들을 할아버지와 할머니는 금세 알아보셨다. 돈, 실패, 캄캄한 미래 따위보다 손주의 건강과 먹거리를 먼저 짚으셨다. 무엇이 옳고 무엇이 먼저인지, 아버지와 어머니는 알고 계셨던 거다.

이틀간의 단식으로 아들은 신체검사를 무사히(?) 통과했다. 이번 일을 계기로 저녁마다 운동도 하겠단다. 제대로 다이어트 하고 멋진 몸을 만들겠다며, 살면서 내가 골백번도 더 했던 결심을 아들도 하고 있다. 종아리가 튼실하다. 허벅지가 내 허리만 하다. 뒷모습을 보면 등이 들판 같고, 대화를 하려면 고개를 쳐들어야 하고, 엉덩이를 보면 깔리면 죽을 것 같다. 아들은 건강하고 멋있게 잘 자랐다. 친척들 만나면 건장하다는 말을 자주 듣는다.

아버지와 어머니, 두 분이 손주 위하는 마음으로 모든 걸 바치셨다. 아들은 할아버지와 할머니의 사랑을 먹고 자랐다.

표준 체중에 맞추기 위해 3킬로그램을 빼고 싶다는 아들의 말과 이틀 동안의 단식. 아들은 비장했을지 모르지만, 나는 줄곧 웃음이 났다. 잘 살았고, 잘 살고 있구나. 참 다행이다.

34
또 어딜 가는 거냐?

집에서 5분 거리에 사무실을 하나 장만했다. 코로나19 사태로 대면 강의가 불가해졌고, 온라인 강의를 위해 별도의 공간이 필요했던 거다. 처음에는 동대구역 근처에 한 평짜리 소호 사무실을 마련했는데, 옆 사무실에서 시끄럽다 불평하는 바람에 세 평짜리 독립 공간으로 옮겼었다. 그러다가 원룸이 훨씬 저렴하고 편리하다는 지인의 소개로 여덟 평짜리 방을 하나 얻게 되었다. 작은 방이지만 나한테는 더없이 소중한 공간이다. 집에서 가까우니 오가기도 편하고, 주거용으로 만들어진 곳이라 방음 확실했다. 마음껏 소리 질러도 주변에 피해 없다. 뒷골목에 자리 잡고 있어서 차 소리도 들리지 않는다. 더 바랄 게 없는, 나의 사무실이다.

옷을 차려입고 현관 앞에 서서 신발을 신고 있으면 아버지와 어머니는 똑같은 질문을 하신다.

"또 어딜 가는 거냐?"

거의 매일 강의를 하러 나가는데, 두 분은 마치 내가 처음으로 어딜 가는 것처럼 묻는다. 가방만 손에 들어도 또 어딜 가는 거냐고. 정말로 궁금해서 묻는 건지, 아니면 습관처럼 묻는 건지 알 수가 없다. "예, 강의하러 갑니다" 라고 공손하게 답하는 것도 지친다. 다녀와라, 태연하게 여기셔도 될 텐데, 왜 자꾸만 어디 멀리 떠나는 사람 취급을 하는 건지 이해할 수가 없다.

강의를 마치고 돌아왔을 때에도 마찬가지다.

"왔구나. 그래. 아이고, 수고했다. 점심은? 저녁은? 얼른 쉬어라. 피곤하겠다."

나이 오십 다 된 아들을 어린애처럼 여긴다. 기분 좋을 때는 듣고 넘기지만, 피곤하고 지친 날에는 아버지와 어머니의 질문과 챙김이 거북하다.

"아버지, 어머니, 다녀오겠습니다. 너무 심려 마세요. 금방 지나갈 겁니다."

세상 뒤편으로 떠나는 날, 나는 현관에 서서 두 분에게 머리를 숙였다. 금이야 옥이야 키운 아들, 이제 자리 잡고 인생 즐기며 누려야 할 나이에 감옥이라니. 그 심정 오죽했겠는가. 어머니는 애써 눈물 감추며 몸조심 하라고 말씀하셨고, 아버지는 아무 말씀 없이 그저 나를 바라보기만 하셨다.

버스를 타고 의정부로 향했다. 찜질방에서 하룻밤 묵고, 다음날 일찍 법원으로 향했다. 일말의 기대라도 있었던 걸까. 두 손에 땀이 흥건했다. 판사는 내 눈을 흘깃 보더니 망치를 세 번 두드렸다. 어디선가 두 명의 교도관이 나타났고, 양쪽에서 내 팔을 잡아 컴컴한 곳으로 데려갔다. 두려웠다. 몸이 떨렸다. 제발 나 좀 살려달라고 빌고 싶었다. 교도관 한 명이 말했다.

"여기도 사람 사는 곳입니다. 너무 힘들게 생각지 마세요."

나름의 친절인 것인가. 아무런 도움이 되지 못했다. 차가운 수갑이 두 손목에 채워졌다. 온몸이 포승줄에 칭칭 묶였다. 긴 계단을 내려갔다. 쇠창살이 빼곡하게 박힌 호송버스에 몸을 실었다. 창밖을 보고 싶었는데 잘 보이지 않았다. 모든 것이 꿈만 같았다. 꿈이었으면 좋겠다는 생각을 그리도 간절히 해본 적 없었다.

기다림의 연속이었다. 질문에 대답했고, 신체검사를 했고, 사진을 찍었다. 함께 실려 온 사람들은 소리를 지르기도 했고, 서로 싸우기도 했다. 교도관의 고함 소리와 수감자들의 욕설이 한 데 섞여 난장판이 되었다. 나는 자리에 앉아 시키는 대로만 했다. 착한 수감자였기 때문이 아니라, 그 시간을 빨리 벗어나고 싶었기 때문이었다. 여전히 두려웠다. 여긴 어딘가. 내가 왜 이곳에 와 있는가. 나보다 열심히 살아온 사람 한 명도 없는 것 같은데. 내가 왜 이들의 지시를 따라야 하며, 옷을 벗어야 하고, 주눅 들어야 하고, 고무신을 신어야 하는가.

1년 6개월은 16년보다 길었다. 나는 그 안에서 배웠다. 40년 살면서 배운 것보다 더 많은 걸 느끼고 깨달았다. 그동안 내가 알고 있던 진실과 세상과 인간은 모두 가짜였고 허상이었다. 팩트에 초점 맞춰 살아야 함을, 나는 그 더러운 곳에서 뼈에 새겼다.

힘들었다. 하루하루가 고통이었다. 그럼에도 힘들다는 말이 차마 입 밖으로 나오지 않았다. 집에서 나를 기다리는 가족 때문이었다. 아내와 아들은 어떻게 살고 있을까. 아버지와 어머니의 심정은 또 어떠할까. 쇳가루를 씹어 먹는 심정으로, 나는 그렇게 형량을 채웠다.

"죄송합니다, 아버지."

세상으로 돌아온 첫날, 외출했다 돌아오는 아버지를 배웅 나가 길에서 만났다. 그리고 첫 인사를 드렸다. 목구멍에서 불덩어리가 튀어나올 것만 같았다. 가족을 다시 만났다. 길고 험했던 사막을 지나 나는 다시 가족의 품으로 돌아왔다.

그때부터였던 것 같다. 내가 어딜 가기 위해 현관 앞에 서기만 하면 아버지와 어머니는 또 어딜 가는 거냐며 묻기 시작했다. 아닌 걸 알면서도. 무슨 일 따위 생긴 게 아니라는 사실을 뻔히 알면서도, 두 분은 내게 또 어딜 가는 거냐고, 물으셨다.

삶은 교묘하다. 일상을 준다. 늘 되풀이되는 평범하고 소박한 일상을. 그러다가 어느 날 갑자기 그 작은 일상을 송두리째 빼앗는다. 좌절과 절망을 경험한다. 잃고 난 후에는 간절히 그리워하고 반성하고 참

회하며 눈물 짓는다. 그러면 다시 돌려준다. 한 번 식겁했으니 앞으로 정신 똑바로 차리고 살아라 하며 빼앗았던 순간을 되돌려준다. 시간이 흐른다. 우리는 또 삶을 대수롭지 않게 여긴다.

또 어딜 가냐며 묻는 아버지와 어머니의 목소리. 나를 챙기고 아껴주는 당신이 곁에 있다는 사실만으로도 더 바랄 게 없는 인생임을. 이제는 멀리 떠날 일 없으니 안심해도 된다는 마음을 가족한테 전할 수 있는 이 귀하고 행복한 일상을. 나는 또 놓치려 했단 말인가.

"또 어길 가는 거냐?"

"예, 아버지. 강의하러 다녀오겠습니다."

"조심해서 다녀오거라."

"예, 어머니. 아무 염려 마시고 먼저 주무세요."

"잘 다녀와!"

"그래! 얼른 다녀올게! 오늘 야식 먹을까?"

35

일이 많아 다행이다

일이 몰릴 때가 있다. 집필 마감 날짜가 임박했고, 수강생 초고를 검토하고, 퇴고에 관한 안내를 해야 하고, 투고 준비를 시켜야 하고, 계약과 출간 소식을 올려야 하고, 수십 통의 상담 전화를 받아야만 한다. 아울러, 블로그 포스팅과 일기 그리고 독서와 독서노트 등 평소 루틴도 빠트릴 수 없다. 1인 기업 운영은 일과 시간으로부터 자유로울 수 있다는 장점이 있는 반면, 모든 일을 직접 하고 또 책임져야 한다는 부담도 피할 수 없다.

모든 것을 내려놓고 노트북과 책 한 권 들고 어디론가 떠나고 싶다는 생각이 든다. 바다로 갈까. 깊은 산중에 위치한 고요한 절간으로 떠날까. 외딴 섬으로 배를 타고 가 볼까. 머릿속으로는 낭만적인 여행을 그리면서, 책상 앞에 앉아 '할 일'에 파묻힌다.

막노동을 3년 했다. 새벽 5시 30분쯤 인력 사무실에 도착한다. 벌써부터 꽤 많은 인부들이 나와 어둑한 곳에 모여 일을 기다린다. 접수한 순서대로 일을 잡아주기 때문에 일찍 나올수록 기회가 주어질 확률이 크다. 특히 나처럼 별 기술 없이 잡부로 일해야 하는 사람은 무조건 일찍 눈도장 찍는 게 최고다.

인부를 골라 태우는 승합차가 도착한다. 어떤 종류의 일손이 필요한지 사무실에 얘기하면, 소장은 적절한 인부를 골라 호명한다. 이름이 불린 사람은 이것저것 묻지도 않고 일단 승합차에 올라탄다. 그렇게 한 사람씩 떠나고 나면, 인력사무실 앞은 점점 횡해진다.

6시 30분. 슬슬 불안해지기 시작한다. 아주 운이 좋은 경우가 아니면 7시 이후에 일거리를 잡게 될 가능성은 거의 없다. 앉아 있질 못한다. 일어서서 사무실 주변을 서성거리며 "나 아직 여기 있어요!"라는 신호를 소장한테 보낸다. 소장은 어쩔 수 없다는 듯 얼굴을 돌린다. 승합차는 더 이상 오지 않고, 사무실 전화도 울리지 않는다. 더 기다려봐야 별 수 없다. 가방을 둘러메고 묻지도 않은 먼지를 털어본다. 떨어지지 않는 발걸음을 애써 돌린다.

갈 곳도 없고 돈도 없다. 집으로 가야 한다. 새벽 5시에 집을 나선 가장이 아침 8시에 돌아온다. 가족은 내게 아무것도 묻지 않는다. 아침은 먹었냐고 아내가 애써 말을 걸지만, 나는 퉁명스럽게 먹었다고 대답한다. 일당도 받지 못했는데 밥 달라는 소리가 차마 떨어지지 않는다.

일하지 못하는 하루는 고역이다. 무엇을 하며 시간을 보내야 할지 막막하다. 오전 10시가 되면, 운동하러 간다며 집을 나선다. 가까운 산을 찾는다. 등산복 차림의 아주머니가 대부분이다. 남편과 아이들 챙겨 보낸 후, 자신만의 시간을 가지며 운동을 하는 거다. 아무도 내게 관심 없지만, 나 혼자 지레 고개를 숙인다. 막노동 일꾼인데요, 오늘은 일을 잡지 못해 그냥 산에 왔습니다. 한심스러운 독백을 속으로 삼킨다.

걷다보면 정상이다. 힘들지 않다. 아니, 힘든 줄도 모른다. 그냥 한 걸음씩 내딛다보면 어느새 산꼭대기에 도착한다. 때로는 산이 좀 더 높았으면 하고 바라기도 한다. 더 높으면 시간도 더 걸릴 테고, 그러면 하루도 더 빨리 사라질 테니.

정상에 놓인 벤치에 앉아 멍하니 산 아래를 바라본다. 모두가 별 탈 없이 돌아가고 있는 듯하다. 나만 멈춰 있다. 시켜만 주면 무슨 일이든 할 수 있는데. 혹시나 누가 말을 걸어올까 불안해서 오래 앉아 있을 수도 없다. 뭐 하는 분이세요? 이런 질문을 받게 될까봐 노심초사다.

십 분쯤 앉아 있다가 일어선다. 최대한 천천히 내려간다. 관심도 없는 나무와 꽃을 오랫동안 바라본다. 등산로 입구가 보이기 시작하면 허탈하다. 시간을 때우기 위한 등산은 불과 한 시간 남짓 만에 끝이 난다.

혹시나 하는 마음에 몇 군데 전화를 걸어본다.

"시간 괜찮으면 차 한 잔 할까?"

"오랜만에 낮술 한 잔 어때?"

아직 12시도 채 되지 않았는데 술 마시자고 전화하는 미친놈이 어디 있을까. 내 전화를 받은 사람들은 아마도 다들 이리 생각했을 터다. 별 기대도 하지 않았지만, 역시나 시간을 내주는 사람은 없었다. 당연한 결과다. 오전 11시에서 낮 12시. 세상은 한창 일할 시간이다.

"내가 지금 좀 바빠서…… 미안하다. 다음에 보자!"

괜한 심통이 났다. 그래! 잘 먹고 잘 살아라 임마! 담배도 떨어졌다. 별수 없이 집으로 향한다.

오전 내내 정신이 하나도 없었다. 그래도 몇 가지 중요한 일을 처리하고 나니 마음이 한결 가벼웠다. 역시 사람은 집중과 몰입 후에 가장 상쾌한 법이다. 냉동실에서 얼음을 잔뜩 꺼내 컵에 채우고, 정수기 찬물 가득 받았다. 벌컥벌컥 단숨에 들이켰다. 심장까지 시원했다. 이제 오후에는 강의 자료 준비하고, 리허설 하고, 독서 노트만 작성하면 된다.

아내가 만들어준 김치볶음밥과 미역국으로 든든하게 배를 채웠다. 커피 한 잔을 타서 베란다로 나가 창문을 열었다. 바로 앞에 산이 보인다. 아침까지 비가 내린 탓인지 물안개가 끼었다. 바람이 불었다. 물안개가 옆으로 조금씩 움직인다. 영화 속 CG를 보는 듯했다. 커피를 한 모금 마셨다. 다시 산을 바라보았다. 거기, 산이 있었다. 할 일 없어 애꿎은 마음에 찾았던 그 산이.

다 마신 찻잔을 물에 씻어 선반 위에 올려두고 다시 책상 앞에 앉았다. 강의 자료를 만들고, 책을 읽고, 독서 노트를 정리하고, 리허설을 했다. 밤 9시부터 강의다. 시간이 별로 없다. 집중해야 한다.

일이 많아 다행이다.

36

어머니, 괜찮습니다

"무슨 말도 안 되는 소릴 하세요!"

버럭 화부터 냈다. 마음이 복잡했다. 충북 단양에서 먼 친척 한 분이 작은 절을 운영한다. 한 달쯤 전에 아버지와 어머니는 그 절에 다녀왔다. 구경 삼아, 나들이 삼아, 코로나 때문에 답답했던 일상을 잠시 벗어나고 싶었던 거다. 문제는 그 다음날에 일어났다.

"나 혼자서 그 절에 좀 머무르고 싶구나."

산 좋고 물 좋은 곳에 다녀오신 어머니는 아예 그 절에 가서 한 달쯤 지내고 싶다고 하셨다. 일흔일곱의 나이. 다리도 불편하다. 절에는 어머니를 돌봐줄 사람도 없다. 나이 많은 할머니 한 분과 친척 아주머니, 달랑 여자 두 사람뿐이다. 산 좋고 물 좋지만 사람 지낼 만한 곳은 못된다. 그런 곳에 어머니 혼자 가서 한 달씩이나 지낸다는 건 말도 안 되는 소리다. 그냥 지나가는 말이겠거니 생각했는데, 하루가 멀다

하고 틈만 나면 떠나겠다 하신다. 무슨 수를 내야겠다 생각하고 있는데, 아버지께서 뜻밖의 말씀을 하신다.

"정 가고 싶으면 댕겨와. 가서 지내다보면 집 좋을 줄 알겠지."

남편이 허락했는데 자식이 말려봐야 무슨 소용 있겠는가. 어쩔 도리가 없었다. 우선 일주일만 다녀오시기로 했다. 코로나 예방 접종 날짜가 잡혀 있어서 어차피 일주일 있다가 돌아오셔서야 했다. 그래. 일주일 정도라면 뭐.

가족의 허락이 떨어진 후부터 어머니는 어린 아이처럼 좋아하셨다. 들뜬 표정이 역력했다. 묻지도 않았는데 잘 다녀오겠다는 말씀을 몇 번이나 하셨다. 혹시나 가족 마음 변할까 싶어 계속 다짐을 받으시는 거였다.

화물 운송업을 하시는 고모부가 어머니를 태워주기로 했다. 그나마 다행이었다. 마침 어머니 떠나시는 날 강의가 잡혀 있어서, 어머니 혼자 버스 두 번 갈아타고 다시 택시를 옮겨 타고 가야 할 판이었다. 평생 운전만 하고 살아오신 고모부가 태워준다니 마음이 한결 놓였다.

"무조건 건강만 챙기세요."

"혹시 조금이라도 불편하면 바로 돌아오세요."

어찌 보면 별일 아닐 수도 있지만, 가족 떠나 혼자 어딘가 가시는 건 이번이 처음이라 똑같은 말씀을 몇 번이나 드렸다. 어머니는 그렇게, '나홀로 여행'을 떠나셨다.

내가 고등학생이었을 때, 어머니는 종종 나를 차에 태워 등하교를 시켜주었다. 집에서 노는 사람 아니었고, 어머니도 교사로서 직장생활 중이었다. 그럼에도 나의 등하교 시간에 맞춰 하루 두 번 운전을 하신 거다.

할아버지를 집에서 모셨다. 마지막 숨을 집에서 거두셨고, 장례도 집에서 치렀다. 할아버지 살아계실 때, 어머니는 그 수발을 다 들었다. 말 그대로 똥오줌 치워가며 온 정성 다 기울여 챙기셨다. 수많은 조문객 일일이 맞아 음식 내놓으셨고, 3일장이 끝나기 무섭게 어머니는 다시 출근을 하셨다. 아마 그 몸이 부서졌을 터지만, 내색 한 번 하지 않으셨다.

남편과 자식 챙겼고, 집안 일 모두 맡았으며, 직장에서도 허투루 일하지 않으셨다. 나는 어머니를 보면서 최선을 다한다는 말을 배우고 익혔다. 때로 좋지 않은 일이 생기기도 했다. 아버지와 다투기도 하셨고, 누나와 내가 말썽을 피우기도 했고, 주변 이웃들과 마찰이 생기기도 했으며, 친척들 사이에 문제가 생기기도 했었다. 그럴 때마다 어머니는 결국 "괜찮다"는 말씀으로 끝을 맺었다. 하나도 괜찮아 보이지 않았는데, 어머니 입에서 괜찮다는 말이 나오면 정말로 괜찮은 것 같았다.

어릴 적부터 성질이 고약해서 어머니 힘들게 한 적 많았다. 반찬 투정도 부리고, 억지를 부리기도 했고, 모든 일을 어머니 책임으로 돌릴 때도 많았다. 지각을 해도 어머니 탓이고, 배가 아파도 어머니 탓이고, 공부를 못해도 어머니 탓이고, 누나와 싸워도 어머니 탓이었다. 너는 왜 말끝마다 내 탓을 하느냐고, 한 번쯤은 야단을 칠 만도 했을 텐데. 어머니는 끝내 괜찮다는 말씀만 하셨다.

전화가 왔다. 어머니였다.

"잘 도착했다. 여기, 참 좋구나. 너희가 에미 마음 편하게 보내줘서 고맙다. 일주일만 있다가 돌아갈게. 아무 염려 말고 잘 지내고 있거라."

홀홀 벗어던지고 마음 편히 보내시라고 그리도 일렀건만, 어머니는 여전히 가족 걱정뿐이다. 카카오톡으로 사진을 보내오셨다. 산과 물, 그리고 하늘. 곳곳에 꽃이 피었고, 바람과 새 소리까지 들릴 지경이었다. 어머니가 거주하는 방도 사진 찍어 보내주셨다. 안심이 되었다.

절간이라 나물 반찬밖에 없을 줄 알았는데, 친척 아주머니가 읍내에 나가 삼계탕도 사주었다고 자랑하신다. 이쯤 되면 음식 걱정도 줄었다.

77년이다. 당신은 제쳐두고 아내와 엄마라는 이름으로 사셨다. 이제 무거운 어깨 좀 내려놓을 수 있었으면 좋겠다. 자식이 되어가지고 부모 인생 무겁게 만들기만 했다. 처음부터 내게는 어머니의 삶을 막을 아무런 권한이 없었던 거다. 전화를 끊으면서, 오래도록 묵혀두었던 한 마디를 속 시원히 끄집어냈다.

"다 괜찮아요 어머니!"

194

37

엑스트라 함부로 여기지 마라

〈다이하드〉, 〈어벤저스〉, 〈분노의 질주〉 등의 영화를 좋아한다. 시리즈 전체를 적어도 세 번식은 봤다. 장면과 대사도 외울 정도다.

어떤 식으로든 세상을 파괴하려는 악당이 나온다. 그들은 다 이유가 있다. 다만 지나칠 정도로 이기적이고 편협한 사고에서 비롯된 이유라는 것. 이러한 악당을 잡아 없애는 역할이 주인공이다. 때로 위기에 처하고 갈등을 겪기도 하지만, 끝내 악당을 처부수고 세상을 구한다. 나는 주로 주인공을 응원하지만, 때로 악당을 동경하기도 한다. 자신만의 주관과 세계관을 확고히 지니고 있다는 점이 매력적이다. 주인공과 악당. 오늘은 잠시 뒤로 제쳐두고 다른 이야기를 하려고 한다.

영화에는 수많은 단역이 등장한다. 별 비중이 없다. 그저 스쳐 지나는 찰나에 등장할 뿐. 관객은 단역을 기억하지 못한다. 단역이 없으면 영화 자체가 존재할 수 없음에도 불구하고, 우리는 대부분 주인공과 악당만을 기억하고 그들에게만 응원과 야유를 퍼붓는다. 무관심이 최대의 악플이라는데, 단역을 맡은 사람들은 대체 어떻게 '견디는지' 동정심까지 생길 지경이다.

악당이 도망칠 때에는 단역을 밀치고 넘어뜨린다. 단역은 악당이 쏜 총에 힘없이 쓰러지고 목숨을 잃는다. 영화 속 단역에게도 가족이 있고 친구가 있을 텐데. 그들은 대수롭지 않게 죽는다. 반면, 악당은 죽음조차 거창하다. 웬만해선 잘 죽지도 않는다. 죽었다가 다시 살아나는 경우도 적지 않다. 악당에 비해 단역은 죽음조차 초라하다. 단역의 죽음에 눈물 흘리는 사람, 영화 속에서 본 적이 없다.

주인공이 악당을 추격할 때도 마찬가지다. 단역의 차를 빼앗아 타고 달린다. 눈앞에서 자기 차를 빼앗긴 단역은 멍하니 바라만 볼 뿐 아무런 조치를 취하지 못한다. 주인공이 빼앗은 단역의 차는 대부분 박살난다. 단역은 아직 할부금도 다 내지 못했을 텐데. 그 돈 다 물어주는 모습 본 적이 없다. 건물 하나 부서지면, 그 안에 그 아래 깔려 죽는 사람은 전부 단역이다. 영화에 출연한다고 좋아했을 텐데, 얼굴 한번 제대로 나오지 못하고 건물에 깔려 죽는 역할이라니. 주인공이 암에 걸리면 온 세상 무너질 듯 난리지만, 단역이 건물에 깔려 죽는 것은 대수롭지 않게 여겨진다.

영화 속 주인공처럼 살아가는 사람 별로 없다. 영화 속 악당처럼 살아가는 존재도 많지 않다. 세상은 단역이 대부분이다. 만약, 단역들이 떼로 뭉쳐 힘을 합하면 주인공이나 악당 따위 힘도 못 쓸 거다. 단역이 존재로서 각성하면 세상이 달라진다. 영화는 시나리오와 감독과 연출의 힘으로 만들어지지만, 단역은 그런 거 필요 없다. 힘이 없다는 이유로 주인공이나 악당이 될 수는 없지만, 그렇다고 아무렇게나 취급해도 되는 존재는 아니다.

대부분의 문제는 단역을 함부로 대하는 데에서 비롯된다. '작은 존재'를 무시하고, 그들의 권리와 몫을 함부로 여기고, 막 취급해도 되는 거라고 쉽게 생각하는 분위기. 바로 여기서 인간 사회의 악습이 뿌리박힌 것 아니겠는가.

수단과 방법을 가리지 않고 위로 올라가야 한다는 문화가 팽배하고, 치열한 노력에도 불구하고 여전히 닿을 수 없다는 사실에 절망한다. 야망과 좌절의 반복 속에서 하루하루 지쳐가다 보면, 어느새 세상은 원래 그런 곳이라는 염세주의에 빠지게 되는 것이다.

단역이 맡은 배역의 정도는 약할지 모르겠지만, 분명한 것은 그 역할이 없어서는 안 될 존재라는 것. 모두가 주인공이 될 수 없는 세상이라는 말도 일리 있지만, 단역 없는 영화는 있을 수 없다는 말에도 무게를 실어야 한다. 우수 사원이 표창을 받는 것은 당연하지만, 다수의 일반 사원이 없다면 우수 사원의 존재가 무슨 가치가 있겠는가. 단역의 가치를 존중하는 사회. 우리 스스로 만들어가야 한다.

이를 위해서는 두 가지가 필요하다.

첫째, 아래를 보는 습관이다. 세상에는 나보다 잘난 사람도 있지만, 힘들고 어려운 이들도 많다. 주인공이 되려고만 애쓰다보면, 현재의 내가 작고 초라하게 보이게 마련이다. 누구에게나 타인을 도울 만한 힘을 가지고 있다는 사실을 잊지 말아야 한다. 나도 힘들지만 나보다 더 힘든 사람 위해 살겠다는 마음 가지면, 삶의 의욕과 보람을 찾을 수 있다.

둘째, 자신을 중요하게 여겨야 한다. 자존감은 스스로를 존중하는 마음으로 해석되기도 하지만, 자신의 존재 가치를 인정하는 마음가짐으로 해석하는 것이 더 옳다. 자신을 아끼지 않는 사람은 누구도 아껴주지 않는다. 주인공이나 악당 못지않은 중요한 역할을 맡고 있다는 사실을 결코 잊어서는 안 된다.

같은 영화를 여러 번 보는 이유는, 주인공과 악당에 가려 미처 챙겨보지 못한 수많은 단역들을 다시 보기 위함이다. 화면을 멈추지 않으면 얼굴조차 제대로 볼 수 없는 존재. 지금을 살아가는 수많은 사람들이 타인의 삶에 가려져 있음을 떠올리게 된다. SNS를 보며 다른 사람의 인생을 부러워하고, 성공한 사람의 이야기를 들으며 무조건 따라하려 애쓰고, 그럴 듯한 광고에 현혹되어 매일 귀가 팔랑거리고……

모두가 자기 삶의 주인공이라는 말을 귀 따갑게 듣고 있으면서도, 정작 자신의 삶 속에서조차 단역으로 살아가고 있는 것은 아닌지.

주인공인가, 악당인가, 단역인가. 그것은 중요하지 않다. 내가 맡은 배역에 얼마나 충실할 것인가. 내가 아니면 아무도 흉내조차 내지 못할 나만의 개성과 특유의 목소리와 제스처를 만들어 스스로 만족할 수 있는 연기를 해내는 것이야말로 근사한 인생일 터다.

인생의 목적은 아카데미 시상식이 아니다. 캔 맥주 하나 들고 내가 출연한 영화를 아쉬움 없이 관람하며 진심으로 박수 칠 수 있다면, 아! 근사하지 않겠는가!

38

소리가 아니라 귀 문제다

　지금 살고 있는 집은 지은 지 20년 넘었다. 여기저기 문제가 발생한다. 거실 천정이 내려앉아 보수 공사를 했고, 베란다 벽 갈라진 틈으로 빗물이 새는 바람에 칠을 다시 하기도 했다. 형광등은 LED로 교체했고, 화장실 바닥과 변기도 새 것으로 바꿨다. 아직 손을 대지 못한 것이 두 개 있는데, 하나는 벽지이고 다른 하나는 문이다.

　다섯 식구 복닥거리며 사는 통에 도배는 엄두조차 내지 못했다. 나름 깨끗하게(?) 생활한 덕분에 그리 지저분하지도 않다. 조금은 더 견딜 만하다. 문제는 문이다.

　세월이 흐르면서 나무가 조금씩 뒤틀린 모양이다. 문을 닫을 때도 소리가 나고, 문을 열 때도 삐걱거린다. 닫혀 있을 때도 바람이 불면 뒤틀린 틈 사이로 쿵쿵 소리를 낸다. 평소에는 들리지도 않지만, 잠을 자거나 책 읽거나 글 쓸 때는 심하게 거슬린다. 문틈에다 종이를 구겨

끼워 넣기도 했었는데, 그러다보니 뒤틀림이 점점 더 심해졌다. 문짝을 뜯어내고 전부 새로 갈아야 할 판이다.

글을 쓰려고 책상 앞에 앉았는데, 또 쿵쿵거리기 시작한다. 때 이른 더위 때문에 가끔씩 불어오는 바람이 반갑게 느껴져야 하는데, 이놈의 문짝 덜컹거리는 소리 때문에 신경만 더 날카로워진다. 집중할 수가 없다. 짜증이 난다. 문짝을 뜯어내고 싶다. 문짝 소리에 예민해지다보니, 주변 다른 소리들까지 크게 들린다. 저 멀리 자동차 소리도 거슬리고, 거실에 식구들 오가는 소리도 방해되고, 윗집 세탁기에서 쏟아져 내려오는 배관 소리도 기분 나쁘다.

이래서야 글을 쓸 수가 없다. 노트북을 쾅 닫고는 담배를 집어 들고 밖으로 나갔다. 가슴이 답답했다. 커다란 저택, 방음 장치가 되어 있는 천정 높은 서재. 세 개의 벽면이 책장으로 둘러싸여 있고, 원목 책상에 컴퓨터와 편안한 의자가 마련되어 있다. 영화나 드라마에서 본 글쓰기 좋은 서재와 멋진 집이 눈앞에 아른거린다. 제주도 해변에 자그마한 집 한 채 마련하고, 문을 열면 하얀 파도가 바로 보이는 근사한 곳에서 글 쓸 수 있으면 얼마나 좋을까.

이런저런 상상을 하는 동안 담배는 꽁초가 되었다. 머리를 흔들었다. 불 꺼진 담배를 휴지통에 버리고 집에 들어가려는데 문득 하늘이 눈에 들어왔다. '날씨 한 번 기막히게 좋구나!' 어제까지 비가 내렸다. 맑게 갠 하늘은 푸른빛이 선명했고, 불어오는 바람과 조화를 이뤄 상쾌함까지 안겨주었다. 날씨 참 좋다는 말을 마지막으로 한 게 언제였는지 기억조차 나질 않았다. 오래 전, 사업에 실패한 후로 좋은 날씨가 별로 좋지 않았다. 폭우가 쏟아지거나 강풍이 부는 등 궂은 날씨가 오래 지속되길 바랐었다. 비가 퍼붓고 바람이 세게 불면, 빚 독촉 전화가 줄었다. 장마철이 되면 조금 살 것 같았다. 그때부터였던 것 같다. 나는 맑은 날보다 엉망인 날을 더 좋아하게 되었다.

아파트 입구에 서서 엘리베이터 버튼을 눌렀다. 그리고는 또 한 번 중얼거렸다. '날씨 참 좋구나.' 심장이 뛰었다. 입술을 깨물었다. 이제는 내가 좋은 날씨를 좋아하게 되었구나. 여기까지 왔구나. 모진 세월 견디고 버티며 악착같이 살아 여기까지 왔구나. 하늘을 올려다보며 '날씨 참 좋다!' 라고 외치는 이 평범하고 단순한 일상까지 오기가 그리도 힘든 거였다니. 자꾸만 눈앞이 희미해졌다. 입술을 더 세게 깨물었다.

집으로 들어와 책상 앞에 앉았다. 글을 쓰기 시작했다. 문은 여전히 쿵쿵거렸고, 거실에서는 TV 소리가 들렸고, 저 멀리 자동차 지나는 소리도 끊이질 않았다. 거슬리지 않았다. 방해가 되기는커녕, 주변 소음이 오히려 내가 여기 있다는 사실을 증명해주는 것 같았다.

어떤 이유로 글쓰기가 힘들다는 푸념을 자주 듣는다. 쓰기 위해서는 집중을 해야 하는데, 환경이나 조건이 마땅찮다는 뜻이다. 고요하고 적막한 곳에서 차분히 쓰고 싶은데 그러질 못하니 신경만 날카로워진다고. 그럴 땐 어떻게 해야 하나며 상담을 요청하는 사람이 생각보다 많다. 나처럼 예민한 사람만 내게 오는 것인지 쓰다 보니 예민해진 것인지 분간하기 힘들지만, 어쨌든 몰입해서 쓰기가 힘들다는 그들의 심정을 충분히 이해할 만하다.

환경이나 조건을 내가 해결해줄 수는 없다. 안타까운 마음에 나의 경험을 몇 가지 정리해본다. 정답일 수 없다. 참고해서, 각자의 방식을 찾았으면 좋겠다.

첫째, '소음'에 대해 글을 쓴다. 글쓰기를 방해하는 모든 요소를 글감으로 활용한다. 쓰고 싶은 내용이 따로 있을 테지만, 적어도 오늘은 나를 힘들게 만드는 방해 요소를 소재 삼아 글을 써 보는 거다. 단, 조건이 있다. 불평과 불만 줄줄이 나열하지 말고, 더 나쁠 수 있음에도 불구하고 이 정도라 다행이라는 식으로 써야 한다. 그래야 도움이 된다. 밑져야 본전이다. 어차피 지금 '그것' 때문에 힘들지 않은가? 그냥 써보는 거다. 초연하게. 의연하게.

둘째, 이 위기를 극복하고 나면, 앞으로 어떤 상황에서도 묵묵히 쓸 수 있는 작가가 된다는 사실을 기억해야 한다. 나중에 책 출간하고 나면 얼마나 뿌듯하겠는가. 나는 그럼에도 불구하고 끝내 해내고야 말았다는, 꽤 멋진 이야기 거리를 만드는 셈이다.

셋째, 글을 쓸 때는 어느 정도의 방해 요소가 있는 게 좋다는 사실도 인정해야 한다. 날씨 좋고, 고요하고, 컨디션 좋고, 노트북 팽팽 돌아가고, 머리도 맑고, 가족이 열렬히 응원해주고, 주변 사람들도 격려해주고, 해야 할 일도 없고, 시간도 많고…… 이렇게 모든 조건이 완벽하다면 과연 우리는 글을 쓸 수 있을까? 나 같으면 나가서 놀겠다.

세상은 나를 위해 입을 다물지 않는다. 문짝은 늘 쿵쿵거린다. 소리 하나가 끝나면 다른 소리가 춤을 춘다. 늘 존재하던 그 '소음'이 마침 글을 쓰려고 하니 크게 들릴 뿐이다. 문제는 소리가 아니라 귀다.

39

의식하지 않으면 아프지 않다

코로나 이후 집에서 목욕한다. 보일러를 켜고 욕실에 뜨거운 물을 가득 받는다. 속옷을 챙겨 욕실로 들어간다. 발부터 담근다. 온몸이 찌릿하다. 목까지 잠긴다. 노곤해진다. 머리를 뒤로 젖히고 '지금'을 마음껏 즐긴다. 아무 때고 내킬 때마다 뜨거운 물에 몸을 담글 수 있는 것도 복이다. 몸도 편안해지고 머리도 맑아진다.

십 분쯤 있다가 밖으로 나온다. 때밀이 수건으로 팔부터 씻는다. 쓱쓱 소리가 나면 죽은 세포가 우수수 떨어진다. 대통령도 이렇게 목욕할 거다. 조앤 롤링도 이렇게 때를 밀 테고, 토니 라빈스도 이렇게 몸을 씻겠지. 욕실에 앉아 때를 밀고 있으면, 딱히 특별한 인간도 없다 싶어 마음이 홀가분해진다.

수건에 비누를 흠뻑 칠한다. 온몸을 문지른다. 비누칠을 하고 나면 그제야 비로소 목욕을 마친 기분이 든다. 샴푸로 머리를 감는다. 마지막으로 찬물을 틀어 샤워기로 몸을 적신다. 정신이 번쩍 든다. 개운하다. 마른 수건으로 몸을 닦고, 새 속옷을 입는다. 뽀송뽀송하다. 역시 목욕은 마치고 나오는 맛이다.

"뭐야? 세상에! 아프지 않아?"

화장대 앞에 서서 머리를 말리는데, 뒤에서 아내가 심각한 목소리로 묻는다. 무슨 소린가 하고 뒤를 돌아봤다. 아내는 내 발목을 보고 있었다.

며칠 전, 차에서 내리다가 발목이 긁혀 꽤 큰 상처가 났었다. 아팠다. 집에 들어와 연고를 발랐다. 세 군데 피가 났다. 한동안 쓰라렸다. 사흘쯤 지나서야 딱지가 앉았다. 어디 슬쩍 스치기만 해도 눈을 꽉 감을 정도였다.

목욕하면서, 잠시 상처를 잊었다. 이런저런 생각에 빠진 상태로 때밀이 수건을 문질렀다. 세 군데 딱지가 모두 뜯겨져 피가 흘렀지만, 전혀 알지 못했다. 아내의 말을 듣고서야 상처가 났다는 사실이 떠올랐다. 발목을 보는 순간 갑자기 통증이 시작됐다. 조금 전까지 휘파람 불면서 머리를 말리던 나는, 미간을 찌푸리며 바닥에 주저앉아 다시 연고를 발랐다.

지금까지 다섯 권의 책을 출간했다. 분에 넘칠 정도로 사랑 받았다. 독자들이 올려주는 서평을 읽을 때마다 기쁘고 행복했다. 내 삶의 이야기가 다른 사람한테 위로와 힘을 줄 수 있다는 사실에 가슴 벅찼다.

책 한 권을 쓰는 것은 만만찮은 일이지만, 세상에 내놓고 나면 뿌듯하기 이를 데 없다. 연예인 병이 생겨서 한 번씩 내 이름과 책을 검색해본다. 새로 올라온 후기나 서평이 있을까 내심 기대해본다.

불편한 서평을 만났다. 별로 얻을 게 없다며 추천하고 싶지 않다는 내용이다. 피가 거꾸로 솟는다. 서평 쓴 걸 보니 글 솜씨도 엉망이구만. 너는 얼마나 잘나서 남이 애써 출간한 책을 함부로 평하는 것이냐는 생각에 입에서 욕이 튀어나온다. 한 번 만나보고 싶었다. 대체 이런 서평을 쓰는 저의가 무엇인지. 전문적인 비평가도 아니고, 그렇다고 책을 제대로 읽는 독서가도 아닌 것 같고, 뭐 전반적으로 삐딱한 인간인 모양인데. 숨도 못 쉬게 쥐어박고 싶었다. 나도 이렇게 흥분하게 되는데, 내 수업에 참여하는 작가들은 오죽하겠는가. 생각이 점점 거창해졌다. 악성 댓글이나 비난의 글을 올리는 모든 인간들을 싸잡아 모아놓고 교육 좀 시키고 싶었다. 도대체 무슨 자격으로 남의 삶에 손가락질을 하는 것인가. 얼마나 무식하면 건실한 비평과 대책 없는 비난조차 구분하지 못하는가. 남의 가슴에 못질 하면, 자신도 언젠가 열 배로 상처 받는다는 사실을 왜 모르는가.

한참을 씩씩거린 후에야 조금 진정이 되었다. 차라리 이 서평을 보지 않았더라면 어땠을까. 그동안 올라온 '좋은' 서평만을 떠올리며 나는 여전히 기쁘고 행복했을 거다. 굳이 내 이름과 책 제목을 검색해서 새로 올라온 서평을 읽은 것은 모두 내가 자초한 짓이었다.

상처는 보고 듣는 것에서 시작된다. 눈 감고 귀 닫으면 세상 고요할 텐데, 우리는 애써 봐야 하고 들어야만 속이 풀리는 것이다. 보지 않아도 될 일을 굳이 보고는 속이 상한다. 듣지 않아도 될 소리를 기어이 듣고는 분통을 터트린다. 가만히 있어도 보고 들리는 걸 어찌 하냐고 따지는 사람도 있겠지만, 의식적으로 보지 않고 듣지 않으려는 노력까지 해야 한다고, 나는 권하고 싶다.

SNS는 타인의 삶을 쉽게 엿볼 수 있는 세상을 만들었다. 다른 사람의 인생을 쉽게 볼 수 있듯이, 내 삶을 들여다보는 사람도 많아졌다. 막을 수 없다면 주의해야 한다. 보지 못하게 막을 게 아니라, 본 사람이 뭐라고 떠들어대든 무심할 수 있어야 한다.

다른 사람의 비평에 귀를 열고 받아들일 줄 알아야 한다는 헛소리는 집어치워라. 나를 위해 진심 담아 조언하는 사람, 현실에는 없다. 적어도 지금까지 내 삶에는 없었다. 독불장군의 말처럼 들릴지 모르겠지만, 타인의 한 마디에 휘청거리는 사람이 너무 많아서 하는 소리다. 귀를 기울여야 하는 조언도 있겠지만, 무시해도 될 쓰레기 같은 오지랖도 넘친다. 진심을 담은 충고가 아니라 툭 던지는 돌멩이에까지 상처받을 필요 뭐가 있겠는가.

보지 않고 듣지 않았을 때는 아무렇지 않았다. 즐겁고 행복했다. 그런데, 이름도 얼굴도 모르는 누군가의 한 마디 때문에 일상이 흔들렸다. 나는 그에게 내 삶을 좌우할 권리를 쥐어준 것이다. 아깝다. 원통하다. 내 소중한 인생. 잠시나마 미안했다.

연고를 다 바르고 나서 일어섰다. 왼쪽 발을 바닥에 디딜 때마다 욱
신거렸다. 의도치 않게 절뚝거렸다.

"좀 전까지 멀쩡하게 걷지 않았어? 다 큰 어른이 꾀병이야?"

귀를 막자. 듣지 말자. 보지 말자.

40

제가 버티겠습니다

매일 산에 다니신다. 아버지라서가 아니라, 대단하다는 생각 든다. 주말이면 각종 등산 동호회를 따라 전국 명산을 누비고, 별 약속 없을 땐 집 앞 함지산에 오르신다. 매일 등산을 하시는 것도 대단하지만, 산 오르는 속도가 더 놀랍다. 가끔씩 아버지를 따라 나설 때가 있는데, 걸음걸이를 도저히 따라잡을 수 없다. 숨이 턱까지 차오른다. 나이보다 중요한 것이 꾸준함이란 사실을 아버지 보면서 깨닫는다.

전국 노래 자랑 진행하는 송해 선생을 존경한다. 일전에 방송에서 건강 비결을 말씀하신 적 있다.

"걷는 게 최고지요! 나는 방송 있을 때도 지하철 타고 다닙니다. 계단 오르내리고 갈아타며 걷는 게 내 건강 비결이에요."

여든 한 살의 나이에도 불구하고 여전히 건강하신 아버지. 매일 산을 오르내리는 것이 아버지 건강의 비결이었던 거다.

35년간의 공직 생활을 마치고 퇴임하셨다. 하루 휴가를 내고 퇴임식에 참석했었다. 갓난아기였던 아들을 품에 안고 아버지의 퇴임사를 들었다. 공무원 퇴임식은 거창하게 진행하지 않는다. 가족과 친지 몇 명 조촐하게 모였고, 마지막 근무하시던 곳 좁은 강당에서 아버지는 35년을 정리하셨다.

"없이 살던 시절, 우리 부부는 어떻게든 살아보려고 맞벌이 하면서 부지런 떨었습니다. 어린 아들이 아내의 치맛자락을 붙잡으며 출근길을 막던 모습이 눈에 선합니다. 녀석을 기어이 떼어놓고 현관을 나서는……데……마음이…….."

매끄럽게 이어지지 않고 자꾸만 끊어졌다. 나는 오른손으로 코끝을 문질렀다. 호흡을 더 크게 했다. 아버지 연설에 집중하기 위해 애썼다. 마음을 가다듬은 아버지는 다시 퇴임사를 이어갔다.

"데모가 많았던 시절입니다. 새벽에 잠을 자다가도 비상이 걸렸다는 전화를 받으면 전투복을 입고 출근해야 했습니다. 최루탄 가스를 수도 없이 들이켰고, 무력 집회하는 시민들과 부딪치며 몸싸움을 하기도 했습니다. 겨우 집에 돌아왔는데, 현관에서 전투화를 벗으려니 양말에 피가 엉켜 붙어 신발이 벗겨지지 않……았고……. 그래서 억지로……. 신을…….."

아버지 목소리는 다시 떨리기 시작했다. 나는 손으로 코끝을 매만졌다. 눈이 뜨거워졌다. 품안에 잠든 아들을 세게 껴안았다.

아버지는 그렇게 살아오셨다. 가족을 지키기 위해, 나라와 시민을 지키기 위해, 대한민국 경찰로서 혼신을 다해 버티셨다. 덕분에 우리 가족은 부족한 것 없이 살았고, 나는 늘 사랑과 풍요 속에서 큰 소리 뺑뺑 치며 살았던 거다. 자신의 아버지를 존경하는 사람이 많겠지만, 내 아버지 살아오신 세월 단 한 점도 허투루 여기고 싶지 않다.

어릴 적 고향에서, 아버지는 산에 나무를 하러 다니셨다. 먼 길 걸어 학교에 다니셨다. 아버지의 두 다리는 자동차였고 기차였고 비행기였다. 이동 수단이면서 동시에 삶을 견디는 버팀목이었다. 81년. 아버지는 두 다리로 인생을 걸어오셨다.

일 년에 제사를 네 번 지낸다. 할아버지와 할머니, 그리고 설과 추석. 지난 설에도 어김없이 음식 장만해서 정성껏 제를 올렸다. 모든 의식은 아버지 주관이다. 상을 차린 후 고개를 숙여 조상님 모시고, 가장 먼저 당신이 술을 올린다. 나는 곁에서 술을 따른다. 고요하던 내 마음이 출렁이기 시작했다. 처음이었다. 제사상 앞에 무릎 꿇고 앉은 아버지의 다리가 불편해보였다. 겨우 참고 계신 모습이 역력했다. 예를 다해 절 올리는 중이라 아무 말도 하지 못했다. 자꾸만 아버지 다리로 눈이 갔다. 처음이었다. 술잔을 쥔 아버지 손이 떨리고 있었다. 두 손 꼿꼿하게 한 치의 어김이 없었던 아버지의 손이.

세월은 태산 같던 아버지의 기력을 앗아가고 있었다. 이제는 더 이상 무릎을 꿇지 못하신다. 이제는 밥을 먹을 때도 손 떨림이 크다. 나는, 아버지가 무릎을 편히 굽히지 못한다는 사실에, 손을 떨고 계신다는 사실에, 심장을 잡아 뜯고 싶은 심정이다.

주말이다. 아버지 모시고 가까운 쇼핑몰에 갔다. 유명 브랜드에 들러 가볍고 튼튼한 트래킹화를 골랐다.

"아버지, 이거 한 번 신어보세요."

의자에 앉아 신고 있던 신발을 벗고 트래킹화에 발을 넣으셨다.

"꼭 맞다! 가볍네! 좋구나! 그런데 이런 신발은 얼마나 하는고?"

아버지 말씀을 무시하고는 몇 켤레 더 골라 이것저것 신어보게 했다. 어떤 게 제일 마음에 드시냐고 물었더니, "맨 처음 신었던 게 딱 좋다!" 하신다. 박스에 넣어 달라 하고 계산했다.

여전하시다. 신발 한 켤레 사면서도 가격을 물으신다.

무릎 굽히기가 예전 같지 않아도, 손이 떨려도, 걱정하지 않는다. 이제부터는 내가 버틴다. 아버지 살아오신 세월, 충분히 훌륭히 해내셨다. 내가 힘들 때마다 뒤에 계셨다. 버텨주셨다.

이제는 내 차례다. 아무 걱정 마시고 즐겁고 행복한 생각만 하시길. 무슨 일이 있어도 내가 버티고 견디고 이겨내고 다 해낼 테니. 아버지 좋은 신발 신으시고, 맛있는 음식 드시고, 친구들과 놀러 다니시고, 건강만 생각하시길. 이제는 내가, 버틸 수 있다.

씨

일상은 문장이다

글쓰기가 삶의 고통을 덜어준다는 말은 사실이다. 잠시에 불과한 위로일 때도 있고, 쓸 때마다 인생 점들이 얼마나 정교하게 연결되어 있는가를 발견하기도 한다.

즐겁고 기쁜 순간도 있지만, 쓸쓸하고 우울하거나 무력할 때가 더 많은 게 인생이다. 보람과 희열이 아픔과 상처를 보듬어주기도 하고, 과거의 추억이 지금의 외로움을 달래주기도 한다. 도저히 견딜 수 없을 것만 같았던 최악의 순간들조차 지나고 나면 한 조각 이야기에 불과했음을, 나는 쓰면서 느낀다. 눈앞에 닥친 문제와 고민을 조금은 여유롭게 마주할 수 있는 이유다.

영화를 본다는 것은 영화 속 이야기에 빠져든다는 말이고, 대화를 나눈다는 말은 상대방의 이야기와 함께 흐른다는 뜻이며, 고난과 역경의 시간을 보낸다는 뜻은 이야기가 아직 절정에 이르지 못했음을 의미한다. 삶은 이야기다. 이야기는 말과 글로써 표현되며, 내 안에 휘발성 없이 스며들어 오래 지속되고 방향을 잡아주는 역할을 해 준다는 점에서 말보다 글에 애착을 갖는다.

최악의 순간에 글쓰기를 만났다. 그 후로 멈추지 않았다. 내가 겪는 모든 일이 이야기임을 알았을 때, 나는 아프지도 괴롭지도 않았다. 존재로서의 이야기를 어떻게 표현할 것인가 하는 고민만 남았다. 그리고 이 고민이 영원히 끝나지 않을 거란 사실도 함께 깨달았다. 산다는 것은 이야기를 만든다는 뜻이다. 이왕이면 그 이야기가 다른 사람에게 가치와 의미를 전할 수 있으면 좋겠다는 바람으로 글을 쓴다. 글이 조금씩 나아지기 시작할 무렵, 삶도 꽤 괜찮아지기 시작했다.

"무엇을 써야 합니까?"

5년간 글쓰기 수업을 진행하면서 가장 많이 들었던 질문이다. 두 가지 뜻을 품고 있다. 첫째, 무엇을 써야 칭찬과 인정을 받을 수 있냐는 물음이다. 둘째, 무엇을 써야 돈이 되냐는 뜻이다. 시작하는 사람의 막막한 심정을 누구보다 잘 안다. 지금 뭘 하는 건지 한심하고 답답해서 몇 번이나 종이를 구기고 찢었다. 글은 늘 초라하고 보잘것없어 보였다. 지극히 개인적인 일상과 느낌을 타인에게 읽으라고 강요하는 것 같아 죄의식마저 느껴졌다. 다른 사람의 반응과 질타가 두렵기도 했다. 치유하려고 쓰는 건지 더 아프려고 쓰는 건지 분간할 수가 없었다.

쓰고 찢고를 반복하면서, 그리고 지독하다 싶을 정도로 책을 읽으면서 배울 수 있었다. 자신의 글은 대수롭지 않은 내용이라며 업신여겼던 내가, 타인의 '작은' 일상에서 감동과 위로를 받았다. 용기를 내기 시작했다. 어쩌면 나의 글을 읽는 사람 중에는 나처럼 다시 살겠다는 희망을 품는 이가 있을지도 모른다.

글쓰기를 멈추지 않았고 책도 출간했다. 흔히 말하는 베스트셀러 근처에도 못 갔지만, 적어도 내 책을 읽은 대부분의 독자는 고맙다는 말을 전해왔다. 내가 글을 잘 썼기 때문이 아니라 용기를 냈기 때문이다. 나의 이야기를 세상에 내놓을 용기. 타인의 비난과 비판을 두려워하기보다 내 삶을 통해 용기와 희망을 얻게 될 단 한 사람을 위하겠다는 마음. 세상은 여전히 나의 이런 마음을 비현실적이라 하고 몽상이라 평한다. 글쓰기 수업 초기에는 이런 지적이 심해서 흔들리기도 했다. 귀를 닫고 내 길을 걸었다. 신념과 확신을 가질 만큼 충분한 경험을 했기에 가능한 일이었다.

뜻을 같이하는 사람이 하나둘 생기기 시작했다. 든든하다는 말을 온몸으로 실감했다. 나는 그들을 의지했고, 그들은 나를 믿고 따라주었다. 돈이 되는 글쓰기, 성공 책 쓰기, 묘법과 비법, 하루 만에 책 쓰는 방법, 팔리는 책 쓰는 방법, 퍼스널 브랜딩이 어쩌고 등등 눈과 귀를 현혹하는 광고 문구가 판치는 세상에서 본질과 가치로 접근하는 글쓰기 수업을 묵묵히 밀어붙였다.

내가 가는 길이 옳다는 증명을 세상에 내놓을 때가 됐다. 일상의 모든 순간이 의미 있고 가치 있음을 전하는 것. 이 책을 읽는 사람이 자신의 삶을 썩 괜찮은 여정으로 볼 수 있게 되기를 바란다.

하루 대부분이 지치고 힘든 시간이라 틈틈이 존재하는 웃음과 따뜻함을 놓치는 게 아쉽다. 매일 놀아달라며 보채는 어린 아들을 보면서 귀찮다 힘들다 생각했었다. 고등학교 2학년이 된, 나보다 머리 하나 더 커버린 아들을 보면서, 그 시절로 돌아가 실컷 안아주고 싶다는 바람을 품는다. 한편으로는, 지금이라는 순간도 훗날 후회와 아쉬움될까 마음껏 사랑해야겠다고 다짐해보기도 한다.

글쓰기가 스며든 삶을, 내가 쓴 문장이 삶의 무게를 지탱하는 버팀목이란 사실을 세상에 보이고자 한다. 이 글을 읽으며 누구나 자신의 이야기를 마음껏 쓸 수 있게 되기를 더불어 바라본다. 무엇을 쓸 것인지 고민할 게 아니라, 쓰는 시간을 만드는 게 먼저다. 글쓰기에 대해 말하기보다 글을 쓰길. 글쓰기는 길을 만든다. 일상은 문장이다.

42

라이팅 머신

    9년 지났다. 처음부터 9년 동안 매일 글을 쓰겠다 다짐했더라면 아마 중도에 포기했을지 모른다. 쓰다 보니 9년 된 거다. 흔적이 신기하고 재미있다. 덕분에 다른 모든 일에도 이 현상을 적용한다.

    목표와 계획은 딱 한 번만 세운다. 그 후로는 무조건 매일 실행한다. 실행하는 동안 더 나은 방법을 찾게 되면 수정 보완한다. 효과가 없는 방법은 과감히 버린다. 그리고 다시, 매일 실행한다.

    지난 9년 동안 믿기지 않을 만큼의 성과를 냈다. 이 또한 신비롭고 흥미진진하다. 탁월한 재능을 타고난 것도 아니고, 자격증을 취득한 적도 없으며, 재벌의 도움도 받지 않았고, 밑천이 빵빵했던 것도 아니다. 나탈리 골드버그, 줄리아 카메룬, 제임스 스콧 벨, 무라카미 하루키, 김훈, 헤밍웨이, 안톤 체홉, 닐 게이먼, 제임스 패터슨, 하퍼 리, 스티븐 킹 등 세계적인 거장들이 남긴 글쓰기 명언을 수도 없이 반복해 읽으며 쓰고 쓰고 또 썼다. 언제까지 어떤 책을 쓰겠다는 목표는 없었지만, 매일 쓰다 보면 글이 나아질 거란 믿음만큼은 확고했다.

때로 사람들은 내 글을 '글로써' 평가하지만, 나는 늘 내 글을 '이전의 내 글'과 비교한다. 건방지게 들릴지 모르겠으나, 매일 좋아지는 내 글을 읽으면 자아도취에 빠지지 않을 수 없다. 매일 쓰는 맛을 알게 되었고 사람들한테 이를 전하려 애쓰고 있지만, 새로운 습관을 말처럼 쉽게 가질 수는 없는 노릇이다. 9년을 돌이키며, 힘들었던 순간에 조차 쓸 수 있었던 경험을 정리해본다.

첫째, 글은 반드시 손으로 써야 한다. 이 무슨 뚱딴지같은 소리인가 라고 생각하겠지만, 실제로 글을 손으로 쓰지 않는 사람이 얼마나 많은지 짚어볼 필요가 있겠다.

"이런 내용을 쓰고 싶어요."

"이런 내용을 써도 되나요?"

"경어체로 쓰는 게 좋겠죠?"

"아무래도 자기계발서 종류의 책을 쓰는 게 나을 것 같은데, 어떻게 생각하세요?"

"사람들한테 제 이야기가 도움이 될까요?"

위와 같은 질문을 수도 없이 받는다. 그럴 때마다 똑같이 대답한다. 쓰고 얘기하세요! 손으로 쓰는 사람보다 머리로 쓰는 사람이 훨씬 많다. 실제로 한 줄도 쓰지 않은 채, 매번 머릿속으로만 글쓰기를 상상하는 이른바 '착각 집필'이다. 한 줄도 쓰지 않으면서 자신이 쓰고 있다는 착각에 빠진다. 글 쓰는 데에는 옳고 그름이 없다. 백점도 없고 빵점도 없다. 오직 한 가지, 오늘 몇 줄을 썼는가, 그뿐이다.

둘째, 글은 기분으로 쓰는 게 아니라 기본으로 써야 한다. 속상하면 안 쓰고, 피곤하면 안 쓰고, 졸려도 안 쓰고, 바빠도 안 쓰고, 배고파도 안 쓰고, 배불러도 안 쓰고, 누가 뭐라고 해도 안 쓰고, 쓰기 싫어 안 쓰고……

직장인이 출근하듯이, 엄마가 아이를 챙기듯이, 의사가 수술하듯이, 트럭기사가 운전하듯이, 학생이 학교 가듯이, 유재석이 방송하듯이, 그렇게, 기분과 상황에 관계없이 마땅히 해야 할 일을 한다는 자세로 써야 한다. '어떻게 써야 하는가'라는 질문에 매일 쓴다고 답할 수 있어야 하고, '왜 쓰는가?'라는 질문에 쓰는 사람이니까 쓴다는 다부진 대답 할 수 있어야 한다.

셋째, 다른 사람 글 잡아 뜯으려는 심보 당장 버려야 한다. 지금까지 다섯 권 출간했다. 매번 책이 나올 때마다 온라인상에서 내 책을 비난하는 사람이 있었다. 별 반응 없이 넘겼지만, 솔직히 기분 나쁘고 속상했다. "당신 글 읽어보니 내 책 비난할 상황 아니구만!" 쓴 소리 뱉으며 한 판 붙을까 별 생각 다 들었다. 결국은 사람마다 보는 눈 다르고 생각 다르겠거니 마음 내려놓았지만, 초보 작가일수록 비난과 악성 댓글에 쉽게 흔들린다는 사실은 부정할 수 없다.

건전한 비평은 필요하다. 작가는 독자의 비평에 귀를 기울여야 한다. 하지만, 비평과 비난은 전혀 다른 말이다. 자기보다 못한 사람이 책까지 출간하고 작가가 되었다는 사실이 못마땅해 마구잡이로 험담하고 흠 잡는 행위는 나쁨을 넘어 초라하기까지 하다.

다른 사람 글을 예쁘게 읽는 습관이 내 글을 참하게 만든다. 내 글 참하게 쓰는 사람은 다른 사람 글을 흉보지 않는다. 다른 사람 인생 존중하는 태도가 자기 삶을 사랑하게 만든다. 자기 삶을 사랑하는 사람은 다른 사람 인생에 손가락질하지 않는다. 아픔을 겪어본 사람이 아픔을 이해하듯, 글 써 본 사람이 글 쓰는 사람 알아줘야. 세상에 나쁜 마음 품고 글 쓰는 사람 없다. 어렵고 힘든 세상, 한 줄 댓글이라도 사랑과 격려 담으려는 노력 함께했으면 좋겠다.

돌려 치고 메쳐도 결국 같은 소리다. 잘 쓰기 위해서는 일단 써야 한다. 글을 쓰고, 자신이 쓴 글을 읽고, 못 쓴다는 사실을 눈으로 확인하고, 고쳐 쓴다. 다시 고쳐 쓴다. 다시 고쳐 쓴다. 이것이 글쓰기다.

머리로만 글을 쓰면 글은 나아지지 않는다. 모든 방법과 기술을 다 배워 완벽하게 준비된 상태에서 쓰기 시작하겠다는 사람 종종 만난다. 위험하다. 사람들이 엄청난 기대를 할 테지. 준비가 다 되기도 힘들겠지만, 얼마나 잘 쓰려고 지금껏 준비했는가 사람들이 눈 크게 뜨고 지켜볼 거다. 이거 뭐 부담 되어서 한 줄이라도 쓰겠는가.

10년 가까이 매일 글 쓰고 책 읽었다. 가능하다면 라이팅 머신, 리딩 머신이 되려 한다. 힘들고 어려운 인생 버틸 수 있었던 동력이기도 하고, 새로운 인생 만나게 된 계기이기도 하다. 오늘 만나게 될 누군가에게 글 써보라고, 나는 또 목에 핏대를 세울 터다.

43

아무것도 두렵지 않은 것처럼

다산의 책을 읽고 '다산처럼' 흉내 내며 지냈다는 얘기를 쓴 적 있다. 허리를 꼿꼿하게 세우고 앉아 불평과 불만을 잠재우고 의연한 자세로 글을 썼다. 한 번씩 헛기침도 하고, 인생이란 그런 것이지 초탈한 듯 생각에 잠기기도 했었다. 처음엔 흉내 내는 것이 멋쩍었는데, 시간이 흐를수록 마치 내가 다산인 것같은 착각이 들었다. 기분 좋은 경험이었다. 노력이 힘들 때마다 척하는 습관이 생겼다. 잘 하는 척, 위대한 작가인 척, 인생 통달한 철학자인 척, 모든 걸 내려놓은 명상가인 척. 남들이 보면 웃을지 모르겠지만, 덕분에 나는 제법 잘 하게 되었고 위대한 작가가 되기 위해 노력 중이며, 철학도 공부하고, 명상도 할 줄 알게 되었다. 척하다가 삶이 달라진 거다. 앞으로도 계속 '좋은 척' 살아가려 한다.

글 쓰다 보면 별생각 다 든다. 이 정도 수준의 글을 책으로 내는 것이 과연 마땅한 일인가. 아니, 책으로 낼 수나 있을까. 책으로 나오면 누가 읽어주기나 할까. 내 책을 읽은 독자들이 신랄한 비판을 하면 어쩌나. 앞으로 두 번 다시 책을 낼 수 없을지도 모른다. 그럼에도 내가 글을 쓰는 것이 바람직한 일일까.

이런 생각을 하고 있자면, 금방이라도 노트북을 집어던져 버리고 싶다. 글 쓰는 삶을 소명으로 알고 살아가는 나조차 이럴진대, 이제 막 쓰기를 시작한 초보 작가들은 오죽할까. 잡념이 일어나는 이유는 두려움 때문이다. 잘 쓰지 못할 거라는 두려움, 비난받으면 어쩌나 하는 두려움, 출판하지 못하면 어쩌나 하는 두려움, 팔리지 않으면 어쩌나 하는 두려움……. 매 순간 흔들리고 좌절하며 혼란에 빠지곤 한다. 글쓰기는 참 어렵다.

2016년 5월 15일. 첫 강의를 했다. 대구에서 김해까지 가는 동안 수도 없이 다짐했다. 첫 강의가 아닌 것처럼 강의하자. 매일 강의하는 전문 강사인 척 강의하자. 혹시 실수하면 별것도 아닌 것처럼 웃고 넘기자. 10년쯤 경력을 가진 사람처럼 강의하자. 멈추고, 웃고, 소리 높였다가 낮췄다가, 눈 마주하고, 그럴 듯한 제스처 연습한 만큼 최선을 다하자.

강의 마친 후, 참여했던 사람들로부터 생각지도 않았던 질문을 많이 받았다.

"그동안 강의는 주로 어디서 하셨나요?"

전문 강사인 것처럼 강의했더니 전문 강사로 보였나보다. '오늘이 처음입니다'라고 굳이 답하지 않았다. 나는 이미 전문 강사였기 때문이다.

두려움은 직시할 때 사라진다. 두려움을 극복하겠다는 마음으로 덤비면 두려움은 줄어든다. 실력도 없으면서 건방 떨자는 얘기가 아니다. 오늘은 두려워할 날이 아니라 해야 할 일을 하는 날이다. 두려움은 항상 미래에 초점 맞춰진 감정이다. 아직 일어나지 않은 일. 두려워한다고 해서 일어나지 않을 것도 아니고, 만약 일어난 일이라면 두려워해도 아무 소용없다. 사람을 가장 힘들게 만드는 감정인 동시에, 손에 잡히지 않는 허상의 감정이기도 하다.

막을 수 없는 감정이라면, 내게 유리한 쪽으로 활용하는 것이 최선이다. 어떻게 해야 두려움을 에너지로 변화시킬 수 있을까.

첫째, 내가 무엇을 두려워하는지 명확히 정의해본다. 원인을 알아야 해결책을 찾을 수 있다. 두려움을 추적해 정의하다 보면 최종 결과가 '별것 아닐' 때가 많다. 실체를 알고 나면 내가 고작 이런 일로 두려워했던 것인가 허탈하기까지 하다. 잠시 멈춰 서서, 대체 내가 이토록 두려워하는 것이 무엇인지 심문하듯 자문하는 습관이 도움 될 것이다.

둘째, 내가 해결할 수 있는 일인지 아닌지 딱 잘라 선을 그어본 다. 할 수 있는 일이라면 즉시 실행에 옮기고, 할 수 없는 일이라면 과 감히 내려놓는다. 사업 망하고 감옥에 가고 인생 무너졌을 때 알았다. 안 되는 일은 발악을 해도 안 되더라. 대신, 매일 내가 할 수 있는 일에 만 집중했더니 삶이 나아지기 시작했다. 무슨 일이든 다 할 수 있다는 말을 종종 접하게 되는데, 나는 그 말을 이렇게 바꿔 삶에 적용했다. 할 수 있는 일에만 집중하면 무슨 일이든 다 잘 풀린다!

셋째, 아무것도 두렵지 않은 척 살아간다. 사실 이 방법이 최고 다. 종일 두려워해도 달라지는 건 없다. 그럴 바엔 아무것도 두렵지 않 은 척 살아도 된다. 밑져야 본전이다. 손해 볼 게 아무것도 없다. 목소 리도 크게 하고, 어깨도 펴고, 글도 막 쓴다. 실수하면 사과하고 잘못 하면 용서 구하고 글 못 쓰면 고쳐 쓰면 된다. 두려움에 밀리는 삶은 멋이 없다. 지켜보는 사람 기분까지 언짢다. 용기가 없을 땐 용기 있는 척 살아가면 된다.

세상에는 나보다 힘들고 어려운 일 겪은 사람이 많다. 그들 중에는 보란 듯이 일어선 사람도 적지 않다. 누군가 해냈다면 나도 할 수 있 다. 그 사람의 말과 행동을 흉내 내면 나도 비슷한 성과를 만들어낼 수 있다. 나는 요즘도 다산을 읽고, 토니 라빈스를 흉내 내며, 롭 무어 를 따라 하고, 로버트 그린을 베껴 쓴다. 존경할 만한 사람을 정하고,

그의 책을 읽고, 삶을 흉내 낸다. 매일이 흥미진진하다. '하는 척'으로 시작했지만, 어느새 나는 온 힘을 다해 '하고' 있다.

인생과 스토리

매일 일기를 쓴다. 원칙이 있다. 반드시 한 페이지, 정해진 분량을 채운다. 쓸 말이 많아도 멈춘다. 쓸 거리가 없어도 채운다. 365일. 나는 매일 일기를 쓴다.

블로그 운영한지 5년 지났다. 네이버에 내 블로그를 검색해보면, 약 4천여 개의 게시물이 있다고 나온다. 나는 매일 블로그에 글을 쓴다.

독서노트를 작성하고 있다. 책을 읽을 때마다 끄적거린다. 마음에 드는 문장을 발견하면 옮겨 적고, 그 아래에다 나의 느낌과 감상 또는 의견을 정리한다. 책 한 권을 간단히 요약하기도 하고, 몇 장에 걸쳐 기록하기도 한다. 나는 매일 독서노트를 작성한다.

어떤 계기든 글을 한 편 써야 할 일이 생긴다면, 나는 일기장을 뒤적거릴 테고 블로그를 살필 것이고 독서노트를 열어볼 것이다. 물리적 절대량이 많으면 두려울 게 없다. 남들은 '언젠가 쓸 것'이라 말하지만, 나는 '언젠가를 위해' 매일 쓴다.

전과자다. 파산했다. 알코올 중독으로 인생을 낭비했다. 막노동판에서 고생했다. 돌이켜보면, 어찌 견디며 여기까지 왔을까 싶다.

하지만 덕분에, 남은 삶에서 어떤 일이 닥쳐도 이겨낼 자신 있다. 웬만한 일에 꿈쩍도 하지 않는다. 강철 멘탈을 갖게 되었다.

경험은 소중하다. 좋고 나쁨이 없다. 힘들고 어려운 일 닥치면 괴롭다. 발등에 불 떨어지면 공자님 말씀 통하지 않는다. 문제는 시간이다. 최대한 빨리 털고 일어날 것인가, 아니면 자빠져 넋을 잃고 포기할 것인가.

경험은 이야기다. 시련과 고난을 겪지 않는 주인공, 생각만 해도 매력 없다. 스토리를 구성하기 위해서는 다섯 가지 요소가 필요하다. 먼저, 목표다. 주인공이 궁극적으로 바라는 바가 명확해야 한다. 둘째, 방해물이다. 어떤 식으로든 주인공의 앞길을 방해하는 사건이나 인물이 존재해야만 매력적인 스토리를 만들 수 있다. 셋째, 그럼에도 불구하고 노력하는 주인공의 모습을 보여주어야 한다. 넷째, 절정이다. 모든 걸 포기하거나 좌절할 만큼의 위기가 닥치거나 결정적 계기로 탄력을 받는 장면이다. 마지막으로, 결론. 주인공이 끝내 성취를 이뤘거나 적어도 계속 나아가는 모습을 보여준다. 신데렐라부터 어벤져스까지, 어떤 이야기도 이 다섯 가지 구조에 맞아 떨어진다. 사람들은 스토리에 열광한다. 주인공을 응원한다. 함께 아파하고, 같이 이겨내고, 모두가 승리한다.

우리 인생, 스토리 구성과 무엇이 다른가! 우리 모두는 가고자 하는 목적지 또는 이루고자 하는 꿈이 있다. 당장 없더라도 언젠가 갖게 될 거다. 가질 수 있다. 그런데, 거기까지 가는 길이 순탄치 않다. 아이를 잘 키우고 싶지만 독박육아 힘들기만 하고, 다이어트 하고 싶지만 라면의 유혹에 밤마다 시달린다. 좋은 대학 가고 싶지만 친구들과 게임하고 싶고, 건강하고 싶은데 불쑥 암이 찾아온다. 세상은 늘 우리를 방해한다. 스토리 구성 요소와 정확히 일치한다. 세 번째 요소가 필요하다. 그럼에도 불구하고 우리는 노력해야 한다. 참고 견디고 버티며 하루하루 다시 일어선다. 어느 날, 모든 걸 포기하고 싶은 절정의 순간이 온다. 열심히 노력했지만 결과는 신통찮고, 뜻밖의 경쟁자가 모든 걸 빼앗아 가고, 나이는 먹었는데 이룬 건 하나도 없다. 바로 여기서 두 갈래 길 만난다. 포기할 것인가, 아니면 한 번 더 버텨볼 것인가. 이야기를 마무리 짓기 위해서 우리는 결국 이겨내고 말 것이다. 결국은 해냈습니다! 사람들은 박수를 치고, 나는 무대 한 가운데에서 두 손을 번쩍 든다.

두 가지를 전하고 싶었다. 질적 수준보다 절대량으로 승부하라는 것. 어떤 경험이든 이야기로 승화하고 의미와 가치를 부여할 것. 적어도 나는 그렇게 살아서, 제법 만족할 만한 삶을 누리고 있다. 재고 따지는 습관, 그리고 두려움. 내 인생에서 두 가지가 사라졌다. 가볍다. 평온하다. 살맛이 난다.

나는 오늘도 글을 쓰고 책을 읽는다. 노벨 문학상 받을 것도 아니고, 조앤 롤링 될 생각도 없다. 하루하루가 이야기이고, 만나는 사람모두 주인공이며, 터지는 사건마다 글감이다. 읽고 쓸 수 있는데 무엇이 두려운가!

2021년 여름
이 은 대